U0012996

S P R I N G

每一本好書都是一顆種子，
春天播種在你的心田夢土上。

S P R I N G

每一本好書都是一顆種子，
春天播種在你的心田夢土上。

S P R I N G

每一本好書都是一顆種子，
春天播種在你的心田夢土上。

愛情 兩好三壞。

常常，我們無法一心一意，也無法要求對方一心一意。
常常，我們會迷失，不知道自己究竟喜歡的是誰。
常常，我們會心猿意馬，禁不了誘惑，捱不起考驗。
幾乎，我們無法規定真命天子在第一時間出現。
幾乎，我們也沒有辦法強制喜歡的人也得喜歡自己。
我們就因此停止追求幸福嗎？

You're the apple of my eye.

我們永遠都在期待，某天深深喜歡的人，
能對自己說出這句話。

推薦序一

親自感受，九把刀給的幸福

一開始真的很想問九把刀，你到底談過幾次戀愛？你真的那麼情感澎湃？好奇你是文豪？還是情聖？很想摸清楚你的底細。但，我將這些疑問，還給自己。

我得到答案：這，全都是真功夫。不是談過幾次戀愛，受過幾次傷就能相提並論的。很抱歉，我低估了你的真功夫。

九把刀式的愛情，有種命中的感覺。那種認同的悸動，總是不打招呼的撞進我心裡。沒來由的起了化學作用、發酵，隨即讓我皺著眉頭、抿著嘴、顫抖著、猛點頭，還克制不住的發出嗯．嗯．嗯……的聲音，那麼唐突，卻又讓人喜歡他的直接。

愛情，對我來說，永遠不嫌多。在我拜讀九把刀的作品同時，謝謝他，慷慨的給了我很多愛，讓我能更用力的去愛別人。我喜歡在文字裡跟他談‧戀‧愛，因為那是種習慣，是種依賴。

希望大家都能親自感受，九把刀給的幸福。

馮媛甄

推薦序二

或許每個人，都得了缺乏幸福的病

這天晚上從學校回到家中，打開電腦，收到九把刀的九局球，看著原以為是棒球大熱血的《愛情，兩好三壞》文字檔，從一局上半開始，跟現場看棒球一樣無法轉移視線，尤其是小雪這樣特殊的女生，明明自己都已經病了，還養著一隻隻跟她一樣生病的魚，真的不得不被她的一切行為給深深吸引，一位依靠扭蛋的奇特女生。

然而每個男生都像阿克，身邊總是會出現像文姿那樣很可愛很善良的女孩，其實一直覺得自己有些像阿克，只是還好我沒有重度熱愛棒球成癮，但是我熱愛體育類的運動，所以很能體會阿克的性格，那跟某部分的自己雷同，也應該跟每個男生都相似吧。

用『兩好三壞』滿球數來比喻愛情，不得不佩服九把刀的功力，實在非常適合愛情遇上的掙扎狀態，兩好三壞、兩好三壞，請小心投手的下一球！

九局下半了……

或許，每個男孩都應該嘗試一下搭訕地獄特訓，挑戰一百次的挫折，因為，或許每個人都得了缺乏幸福的病。

張睿家

新版自序

對純愛王道的再思考

一直以來，「純愛」是愛情小說最佳題材。

截至目前為止出版了三十一本書，愛情題材的大概佔了五本。這五本書在市場上的銷售，反應最好的是《那些年，我們一起追的女孩》，其次是《等一個人咖啡》，再來是《打噴嚏》、《月老》，最後是《愛情，兩好三壞》與《紅線》。

諷刺的是，以當初寫作的經驗自芻，最費力戰鬥的小說反而是《愛情，兩好三壞》與《紅線》，讓我窘了好大一下。理由顯而易見：讀者喜歡一心一意的愛情，這一心一意的愛情，也就是「純愛」。

即使純愛是萬年受歡迎的故事題材，我還是很少閱讀所謂的純愛小說，更不會把創作的類型鎖定在「純愛」，但我去看市川拓司小說改編的電影「現在，很想見你」，三分鐘就飆淚了，毫無疑問正是純愛的力量。如果要抓得更加準確，其實是羈絆，一種超越了愛情而能夠把人連結在一起的東西。

是的，我哭的正是這種人與人之間，扯不開的羈絆。

核心動力是羈絆，外科手術切開純愛故事的肌理，亦能發現純愛故事的「規則」。這些規則不是祕密，有規則，也不代表就不好，而是意指「要突破這些限制，是很高的挑戰」。

首先，我認為純愛故事必須是作者「寫一個故事的心意」，勝過橋段的拼湊集結。所以純愛故事大多結構簡單，兩、三句話就能說完（沒人說這是缺點）。故事中的角色，亦務必一心一意，愛得黑白分明，沒有任何的灰色地帶，自始至終不能有背叛——雖然現實生活中的愛情可能通過背叛和移情而完成，但純愛故事的主角絕不可以踩線。

第二，主角不可以耍心機，雖有心意卻不能將其轉化為心機，否則討人厭是你活該。「現在，很想見你」裡中村獅童飾演的主角小巧，就是個毫無心機，從頭頂呆到腳尾，一個無能的生活障礙者，現實中的女人不太可能愛上這樣的男人（幹嘛，妳有狂照顧人的癖嗎？），我們愛的是小巧愛著女主角小澪的方式，他的行動，包括羞澀的性。

第三，東方式的純愛，總是把情感藏得很深，埋起來，雖然我真的喜歡你……但我不能對你說，就算站在你面前。如果男主角在影片一開頭就大刺刺向女主角告白：「喂，我很喜歡妳耶。」而女主角也爽快點頭說：「剛剛好我也是耶！」請問要演個屁？

第四，普遍來說，我們都希望這愛情是有結果的，無論過程中經過多少磨難，然而死亡經常是純愛小說的一部分。男女主角之一可能有人得了罕見疾病（翻遍了醫學寶典也找不出來的怪病也不少），或是在告白的前夕以種種理由橫死。所以談純純的愛基本上是很危險的。

第五，最好是寫初戀。現實中，我們常把純愛給了青春時代的第一次愛情，無論後來在愛情戰場上「陣亡」多少回合，那第一次的愛情在回憶中永遠清新美好。

但我們的真實人生，畢竟無法像純愛故事那樣遵循法則，起承轉合地進行。

我們奔跑在追求愛情的路上，卻常有命運大魔王拔刀攔路。

常常，我們無法一心一意，也無法要求對方一心一意。

常常，我們會迷失，不知道自己究竟喜歡的是誰。

常常，我們會心猿意馬，禁不了誘惑，捱不起考驗。

幾乎，我們無法規定真命天子在第一時間出現。

幾乎，我們也沒有辦法強制喜歡的人也得喜歡自己。

我們就因此停止追求幸福嗎？

我們是人，不是角色。

但我們同樣企求愛情的大雨，淋漓盡致地淹沒我們的青春。

《愛情，兩好三壞》不是純愛。

有的是垂頭喪氣。有的是誤會與背叛。有的是心機。有的是無以為繼的淚水。

但，有更多的勇氣。

反撲命運大魔王的堅貞勇氣。

每個人都能夠做到，因為我們的心裡住了那一個人。

沒有人為我們安排了結局，但我們可以靠勇氣要來一個！

戰鬥吧！

妖怪小雪！

九把刀 Giddens

作者序

有些人的翅膀，總是特別耀眼

早上六點四十五分，我正在前往苗栗的平快火車上，前往阿拓的告別式途中。

十月十九日晚上，阿拓在嘉義中正大學的聯外道路上，發生了嚴重的車禍，四天後，遠從法國回來的拓姊見了阿拓最後一面，阿拓在近千名朋友與讀者的祝福下，輕輕張開了驕傲的羽翼，留下遺愛人間的眼角膜。

阿拓是我認識很久的讀者，也是極少數常見面的網友。由於他酷愛裝熟的熱力，與我正構思的虛擬角色不謀而合，因此在故事《等一個人咖啡》中擔綱主角，用誠懇到絕倒的笑容拉緊住故事每個環節，讓裡頭所有人物綻放出十倍耀眼的光彩。在網路張貼《等一個人咖啡》結局的那夜，創下KKcity站有史以來最多的人潮。

從阿拓一推進加護病房，數百網友忙著祈禱、集氣、用念力傳送能量時，我心中的錯愕與荒謬吞噬了其餘過剩的情緒。直到我穿上防護衣，走進加護病房握住阿拓手的瞬間，整個畫面才勉強真實起來。

常常有人用批判的語氣說，小說裡的催淚情節與現實落差甚大，將主角送進生死關頭不過是廉價的橋段，搏取廉價的同情。我很同意這點，甚至在挽救自己的愛情時，發誓要讓所有的愛情故事都能有美好的結局。但人生並不是幾個章節的起承轉合，有多少遺憾與嘆息。

在這樣「想很多」的情況下，完成了探索愛情的《愛情，兩好三壞》。

人生並不是一連串待解決問題的集合，這樣的面對方式太辛苦。我也不認為人之所以來到這個世上，就有固定的習題需要修煉這樣高雅的輪迴論。人生更不能簡單化約成與上帝間的九局棒球賽，這不過是小說的比喻結構，作者反芻自我後的價值呈現。

很有可能，愛情是人生中最無法受到控制的變項，這正是愛情醉人之處。

但什麼是愛情？

當有人試著告訴你這個千古問題的答案時，那不過是他所體驗過的某種滋味，或是故作憂傷的勾引姿態。

愛情是許多人人生的縮影。答案有浪漫，有瘋狂；有刻骨銘心，有輕輕觸動；有死生相許，有背叛反覆；有成熟，有期許成熟。

每個人想尋找的答案都不一樣，因為每個靈魂都無比獨特。

每個人最後尋到的答案也不一樣，因為戀愛需要運氣。

二十歲以前，我堅貞篤信努力可以得到任何愛情，何其天真。

二十歲以後，我醒悟到大部分的愛情，早在一開始就註定了結果。絕大多數的人，都會在下意識的第一印象中，將異性做「戀愛機會」的評分，從此定調。

但戀愛除了運氣，還有更多的努力填補其中，充滿汗水、淚水的光澤與氣味。

所以愛情的姿態才會如此動人。

在《愛情，兩好三壞》裡，我反覆掏空所有，對自己交互詰問，去坐落角色，去吹動情感，不論是悲傷嘆息，或是幸福微笑，讓虛擬的故事充滿真實人生裡豁盡全力的帥勁，是我對正在雲端、忙著跟天使裝熟的阿拓的招呼。

阿拓，在天上也要過得很色喔。

九把刀 Giddens

愛情

兩好三壞。

兩好三壞。

Contents

目次

楔子

手心流汗。

面無表情的上帝已站在投手丘，向我投出兩個好球、三個壞球。

緊緊握著球棒的我已別無選擇，只能瞇起眼睛。

九局下半。

我的人生是出局結束，或是上壘繼續，就看最後一次打擊的瞬間。

無論如何我都不能再放棄。即使那是個沒有觀眾，沒有掌聲的球場。

「妳是右撇子，所以右手握在左手上面棒子才抓得穩，肩膀放輕鬆，下巴縮進去，兩隻腳可以再打開一點、再低一點，把屁股勇敢翹出來，像恰恰一樣。最後，眼睛不要盯著球，要直視投手的眼睛。」他說，雙手放在我的手背上。

「為什麼？」我問。

「這不是妳跟球之間的對決，而是打者跟投手間的勝負。」他的呼吸吹到了我脖子上。

還記得那呼吸暖暖的，暖暖的……

一局上

1.1

醫院的天台頂樓。

陰鬱厚實的雲朵吞噬了整座城市，空氣中的黏稠溼氣滲透進她的皮膚裡，隨時都可能下雨，或更致命的，持續這樣不上不下的模糊狀態。

這樣的天氣，最適合自殺。

躺在小雪腳邊的技安扭蛋恐怕也是一般心思。

「原來不只我一個人這麼想。」小雪坐在天台上，雙腳在半空中划水。

她沒辦法不注意水塔旁邊，一個左手還吊著點滴的中年男子巍巍峨峨地晃行著，男子的眼神流露出某種堅決。

大概是上個月還是上上個月吧，小雪的左手腕上出現第二條刀疤後的隔天，她也在天台上目睹一個患有躁鬱症的母親將出生不久的小娃娃丟了下去。小雪還記得自己甚至幫那位母親讀秒，不過數到三的時候那位母親就失控了，提前了兩秒將嬰兒摔落。但那尚未命名的嬰兒，應不會介意少活了那兩秒吧？小雪心想。

無論如何，這個城市已經瘋狂了。

每次自己在思考自殺這個非常簡單，卻又被大家刻意複雜化的問題時，就會有人捷足先登，或是陰錯陽差擾亂她的計畫。

中年男子看似死意堅決，但從他不忘扶著左手上點滴的動作來看，他還對這個世界存有很大的依戀。

中年男子氣喘吁吁走到天台邊緣，看著十五層樓底下的火柴盒世界。

「自殺啊？」小雪隨口問。

中年男子咬著牙突然大叫：「不要管我！我要自殺是我的事！誰都攔不了！」

「喔，我也沒要管你，只是身為自殺界尚未成功的前輩，想提醒你幾件事。」小雪淡淡笑著，雙腳懸空輕踢。

天台風大，略瘦的她好像隨時會被颳下樓似的搖晃。

「要提醒我還有家人嗎？好啊！我要自殺！他們人在哪裡！在哪裡！」中年男子不分青紅皂白開罵：「我這麼低聲下氣跟地下錢莊借錢，還不就是為了他們！」

小雪搖搖頭，用專業的語氣解釋：「絕不能跟想要自殺的人說的三件事裡，提醒家人的存在可說是第一名。」

中年男子愣了一下，支支吾吾地問：「為什麼？」

小雪看著烏黑的雲層，說：「提醒自殺者還有家人要照顧，等於叫他將小孩子或老婆先殺掉後再自殘，這樣就一勞永逸了。你說對不對？」

中年男子無言，低下頭來。

「兩年前，我經商失敗……」中年男子嘆了口氣，想娓娓道出自己的辛酸故事。

「對不起我不想聽，你要跳就跳吧，跟我一點關係都沒有。」小雪打斷中年男子的話語，甚至連看都沒再看他一眼。

真正想自殺的人，是不會囉哩巴唆的。

最接近死亡的人的眼神，也不會是義無反顧地尋死，而是疲懶、了無生機、可有可無地活著的靈魂抽空狀態。

「那妳……」中年男子怏怏地站在一旁。

「我只是想提醒你幾件事。」小雪淡淡地說：「如果你要自殺，可不可以別跳樓？如果你死後想捐出內臟，一跳樓整個內臟都摔爛了，不能用了，還會給醫院樓下的掃地阿姨帶來很大的困擾，人家一個月才賺兩萬八，憑什麼給人家添這種麻煩？況且從這邊看下去，挪，急診室就在我的腳底下，說不定你這團肉醬還會擋到救護車進進出出。」

「對……對不起……」中年男子感到困惑。

「還有啊，如果你一定要自殺的話，也不要燒炭或吃安眠藥，因為這兩種方法都會讓你的內臟衰竭，死掉以後同樣沒辦法給有需要的人用，你知道現在肝癌患者要等一個健康的肝要等多久嗎？心臟有問題的人要等一顆好心要等多久嗎？失明的人等眼角膜要等多久嗎？」小雪一邊說，一邊拆開左手上的白色繃帶。

風一吹，那白色繃帶飛翔在灰灰濁濁的半空中，突兀、卻美麗的一縷點綴。

「割腕吧，如果你一定要選的話。」小雪凝視著手上三條觸目驚心的疤痕。

中年男子倒吸了一口涼氣。

這女孩子原來是瘋的。他心想。

「不過得專業點，一次就給他成功。別像我，割腕後竟然還打電話給男朋友，這樣子當然死不成，還把浴缸弄髒了。」小雪撫摸著前天才烙印下的、第三條還未完全癒合的疤痕。

中年男子倒退了一步，他直覺離這個女孩子越遠越好。

「如果你對跳樓始終情有獨鍾，又不肯把內臟留給別人，我建議你找個冷僻一點的地方跳，在市中心跳不只容易被警察拉住，還會被媒體SNG直播。」小雪站了起來，拍拍屁股上的白灰繼續道：「你知道每天打開報紙、打開電視，怎麼算平均都有五則自殺的相關新聞嗎？這樣整座城市不垂頭喪氣的才怪。」

小雪走近中年男子一步，男子本能地往後一跌，摔倒在地。

「妳……妳別過來！不要過來！」男子慌亂地說。

小雪搖搖頭，又好氣又好笑。

這男人剛剛還自認站在死亡的邊緣線上，自己難道比死還可怕嗎？

「我只是得了，缺乏幸福的病。」小雪吐吐舌頭，叮叮噹噹地打開安全門下樓。

1.2

雨要下不下的，壞了許多人逛街的心情。

「不如就好好下場大雷雨吧。」阿克看著玻璃自動門外，每個心不甘情不願拿著雨傘的行人。

阿克把玩著手上當紅的MP3隨身聽iPod，雪白的機身、銀亮的機背，跟一旁皓白的筆記型電腦iBook正好配成一對兒。

在這間偌大3C家電賣場中負責最叫好不叫座的麥金塔使用者區，阿克覺得其實很有挑戰性，至少產品都是頂尖的，無論造型，無論機器內在，都是世界領先的旗艦規格。只是自己不夠好，還不夠了解產品，或者，還不夠了解消費者。

「哇，你看，這台電腦螢幕可以這樣隨便拉耶，好像有條脖子喔！」一個女孩拉著男朋友到贏得多項年度設計大獎的桌上型電腦iMac前東摸西摸，兩人玩弄著活動式螢幕的機關。

阿克笑笑，沒有立刻走過去，也沒有盯著他們看。

有些消費者純粹抱著好奇心，並不希望有賣場人員過來、用一堆專業術語打擾他們。當然了，若他們待在麥金塔區超過五分鐘，阿克就會帶著微笑走過去，教教他們關於麥金塔蘋果電腦平易近人的一面。

但有個人可不這麼認為。

「在這裡上班，有沒有自覺啊？客人來了就要盡到解說的責任！」孟學雙手插著口袋，像背後靈一樣在後面喝令著阿克。

阿克吐吐舌頭，轉過頭微微鞠躬。這個叫孟學的品管經理他可惹不起。

「在賣場工作，如果連小小的工蜂角色都扮演不好，小心明天就捲鋪蓋走路。」孟學瞪著假裝羞愧的阿克，在大庭廣眾之下似乎罵上了癮。

微胖的店長走了過來，想緩和個幾句，卻照樣被孟學瞪開。

「阿克，有空的話過來幫我盤點倉庫。」

一個穿著高跟鞋、戴著無邊眼鏡，看起來頗為幹練的女人拍拍阿克的肩膀。

她是這個賣場的行銷企劃，也是阿克暗戀了整整一年的女人，文姿。

「沒問題。」阿克當然這麼說，不管孟學還沒訓斥夠就跟著文姿閃到倉庫裡。

倉庫的灰塵還是很多，不管怎麼拍怎麼掃，只要三天不留神，灰塵跟蜘蛛網就會爬滿整個幽暗的空間，還有一股不是很討厭的霉味。

「剛剛又挨罵了？」文姿說。

「嗯，孟學是品管部的經理，那麼大一隻，怎麼就這麼喜歡管我這個小職員，真想不透。」阿克幫忙點貨。

「他是公司大股東的獨生子，所以他在罵你的時候，你負責站好就對了，別頂嘴知道嗎？」文姿假裝抄抄寫寫，其實她要點的貨已經在半個小時前就搞定了，她只是藉個理由從孟學前支開阿克。

「嗯，習慣了，就跟以前我剛進公司、妳負責帶我的時候，妳也很喜歡找我麻煩，我總是乖乖讓妳罵個夠。」阿克笑笑。

「我找你麻煩，是因為你老是心不在焉。」文姿反駁，阿克也正好將幾個空箱子弄倒。

「都無所謂啦，反正妳現在對我也沒有以前那麼兇了。」阿克失笑，索性蹲下將箱子折扁。

「明天，我生日。」文姿突然開口。

「我……我記得啊，我已經買了妳最喜歡的趴趴熊大布偶當生日禮物。」阿克有些慌張。

「哪有人提前把禮物說出來啊！這樣哪有驚喜？」文姿昏倒。

「啊！對不起！」阿克更慌了。

「算了，這樣剛好。」文姿鬆了口氣。

「什麼意思？」阿克不解。

「連你這種笨蛋都知道我喜歡趴趴熊，你想其他人會不知道嗎？我從小到大總共收到了二、三十隻趴趴熊，煩都煩死了，再喜歡都會膩。」文姿埋怨。

「那怎麼辦？」阿克緊張，難道要把已經買好的趴趴熊丟進舊衣回收筒安樂死？

「送我特別一點的禮物啊！」文姿抿著嘴道。

「例如呢？變種的粉紅色趴趴熊？」阿克搔搔頭。

「我、不、要、趴、趴、熊。距離我的生日還有十四個小時，你自己好好想、用力地想。」

文姿走到倉庫外。

「是。」阿克歪著頭。文姿停下腳步，轉頭。

「要用想打出全壘打的力氣去想，知道嗎？」文姿擺出一個棒球打擊姿勢。

「是，全壘打。」阿克笑了。

1.3

「阿克，明天文姿生日，你要送什麼啊？」

店長發現孟學已經走遠，笑嘻嘻朝阿克走了過來。

「我買了隻趴趴熊，大概這麼大。」阿克雙手張開。

「很普通啊，全公司的人都知道文姿喜歡趴趴熊，說不定她明天會收到十幾隻，那就一點都不稀奇啦。」店長搖搖頭，用憐惜的表情看著阿克。

「那怎麼辦？她剛剛也這麼說。」阿克敲著自己腦袋，苦惱地說。

「喔？」店長好奇。

「她還說，要我用揮出全壘打的力氣去想別的禮物。」阿克看起來很苦惱。

「怎麼辦？這個問題，就要問施主你自己啊。」店長推了推黑色膠框眼鏡。

「你覺得，選女生生日那天告白，成功的機率會不會比較大？」阿克有些侷促。

整個賣場，就只有店長知道阿克喜歡文姿這件事，店長自然成為阿克戀愛進行曲的唯一軍師。

而且店長是個樂天派的Gay，也就是男同性戀，不管對男生或是女生的想法，店長都能精細地拆解、剖析、解釋給戀愛智商零蛋的阿克聽。根據店長獨自發行給阿克的最新一期《文姿戀愛情報》裡提到，擔任行銷部企劃的文姿也喜歡阿克的機率首度超過五成，讓阿克大感振奮。

「根據統計，至少大兩成。」店長捏著阿克的臉頰，說：「不過你也太自大了吧，居然把自己列入全壘打級的生日禮物？呵呵。」

「我只是找不到更好的時機嘛。」阿克難為情地說：「要我在情人節或是聖誕節或任何說得出名字的節日告白，說不定也會有其他人跟文姿示愛啊，那得跟很多人競爭，我穩失敗的。不如挑個冷門一點的時間。」

「小子，女孩子的生日一點也不冷門。」店長莞爾，指著賣場裡的辦公室，說：「我敢打賭，孟學也會趁明天告白。」

阿克瞪大眼睛。

「品管部經理也喜歡文姿嗎？」阿克張口結舌。

「是啊，標準的黃金單身漢，有車有樓，情場鬼見愁。」店長看著呆若木雞的阿克。

「文姿平時兇巴巴的，那種黃金單身漢幹嘛跟我搶！」阿克覺得天旋地轉。

「幹練的女人自然有她迷人的神采，馴服這種女人是男人的天性。」店長看著手中的賣場傳單。

「才不是這樣。我喜歡文姿，是因為她其實很可愛，很善良。」阿克搖搖頭，走向那對情侶。他們已經在麥金塔蘋果電腦前研究許久，是該出馬介紹產品的時候了。

店長頗有興味地看著阿克，辦公室的百葉窗也拉下了一小格，一雙細長的眼睛也正端詳著阿克。

文姿。

文姿是賣場的行銷企劃，負責的事務可說直指整個賣場運作的核心，她以短短兩年的時間就升到這個重要的位置，除了一紙企管碩士的文憑，敢於跟男人競爭的鬥心更是關鍵。

許多同事都覺得她氣燄太盛不好親近，唯獨阿克是個特殊的例外。

一年前文姿帶著剛進門的阿克，說有多兇就有多兇，一下子叫阿克在一個小時內將一貨車的電視給搬好，一下子叫阿克熬夜盤點庫存，頤指氣使的，但這傢伙竟然沒反抗過，也沒愁眉苦臉過，甚至還會到網路上背幾個笑話說給文姿聽。然而文姿並沒有因此對阿克產生認同，反而有些憎惡，簡單說就是缺乏男人的骨氣——一點脾氣也沒有的男生是絕不討喜的。

只有一次，阿克堅持要請一整天假排隊去看職棒總冠軍賽，她才見識到阿克也有執著的一面，而且是相當重度的棒球成癮。

「要不然，妳也乾脆請假吧！我帶妳去看，不要整天悶在冷氣房裡，連月經都會亂掉的！」阿克為了請假，竟然抓住她的雙手口不擇言。

「你在胡說什麼？什麼月經？」文姿臉紅，但口氣還是兇得嚇人。

「月經亂掉就糟糕了！只有總冠軍賽才救得了妳啊！」阿克急迫大吼：「店長！幫我們兩個一起請假！」

然後文姿就這麼茫茫然被阿克拉到球場，用十倍的價錢買了兩張黃牛票，還排了三個小時的隊伍，腿都快站斷了。

「我要回去了。」文姿當時只覺得好累。

「有沒有搞錯！象牛大戰耶！以後看不到這兩支球隊打總冠軍賽怎麼辦！」阿克居然飛快抓住她的手，緊緊握住，就像一副鐵銬。

幾個小時後，蔡豐安的再見安打讓黃色的彩帶洪水般瀉進場內。

「太神啦！」阿克在肅殺的興農牛隊加油區裡不顧一切狂吼。

依稀，自己的雙手好像也跟著舉了起來，振臂歡呼著。

然後自己漸漸的，就對阿克兇不太起來了，文姿也不大清楚是為了什麼，如果說自己竟喜歡上一個不甚力求上進的傻瓜蛋，那真是荒謬透頂。

「明天阿克會送我什麼全壘打等級的禮物呢？」文姿看著百葉窗縫隙中，正興高采烈為客人介紹麥金塔使用介面的阿克。

文姿回到座位上，將咖啡粉倒在紙杯裡。

該不會還是只有趴趴熊吧？那樣的話，我一定裝不出高興的臉色。文姿心想，卻笑了。

1.4

「小子，你要怎麼跟文姿告白啊?有沒有好好演練過?」

店長啃著便當，跟阿克蹲在賣場用來進貨的後門口。

「早就對著鏡子演練好幾百遍了。」阿克自信滿滿，捧著便當猛扒。

「你完蛋了，你完蛋了。」店長搖頭嘆氣。

「為什麼這樣說?」阿克不信，哼哼說道：「今年球季開打，有誰會相信恰恰打擊率會超過四成?結果呢?中華職棒第一人啦!」

店長不語，只是竊笑。

「幹，說啦!」阿克用筷子刺店長：「不然把你的排骨吃掉喔!」

「鏡子裡的人會回嘴嗎?」店長用筷子護住便當盒裡的排骨。

「是不會。」阿克。

「鏡子裡的人會瞪你、讓你不知所措嗎?」店長筷子飛快夾走阿克的滷蛋。

「是不會。」阿克感覺不對勁。

「完畢。」店長嚼著滷蛋。

「那怎麼辦？聽起來我肯定會搞砸一樣？」阿克如坐針氈，主動夾了一塊滷肉到店長的便當裡。

「不夠喔。」店長嚴肅地搖頭說：「你對文姿的愛只值一粒滷蛋加一塊滷肉嗎？」

「我沒肉了啦！下個便當我請。」阿克說完，見店長打了個呵欠，只好繼續追加：「下下個跟下下下個也是我請。」

「嗯，這才像話。」店長推推黑色膠框眼鏡，說：「根據民明書坊前年出版即創下百刷紀錄的《女人啊！別再把我甩》一書中，記載了全名『搭訕地獄百人斬』的告白速成法，傳說中每個完成這種練習的人，不是變成情場鬼見愁，就是淪落為情場無恥男，天堂地獄，一線之隔。」

「說吧。」阿克闔上便當。

「如果你能夠趕在跟文姿告白前，在街上、公車上、捷運上、戲院裡、公園裡或任何一個地方，搭訕一百個女生，這樣就能完全消解你心中的羞恥感，狂增經驗值，對喜歡的女生告白起來無往不利。」店長啃著滷肉。

「真的假的？有沒有搞頭啊？」阿克抓著頭髮。

「當然有搞頭！搭訕過一百個女生，你還會感到害羞嗎？」

「應該不會吧。」阿克更用力地抓著頭髮。

「經過搭訕地獄的特訓，禮義廉恥在你的心中已經沒有任何意義，只剩下越磨越靈光的告白技巧。」店長正色道：「去吧，下午我特許你請假，太陽都快下山了，搭訕地獄是不等人的。」

「不過要搭訕一百個真的太趕了，怎麼說都不可能成功啊。」阿克愣住。

「如果要加快速度也不是沒有辦法。」店長神色凝重。

「說，下下下下個便當我也請。」阿克咬牙。

「搭訕五十歲以上的歐巴，一次抵兩次，搭訕身邊有護花使者的女生，一次抵三次，搭訕被黑道大哥摟著的煙花女子，一次抵十次。」店長豎起大拇指：「加油！包準你喪心病狂！」

阿克傻眼，將空便當盒丟進垃圾桶裡。

店長指著十公尺外，一位站在紅綠燈前等待過馬路的女孩子。

「等等，萬一我搭訕成功了怎麼辦？」阿克腳踏出一步，突然發問。

「小子，那或然率海零啊。」店長雙手都豎起大拇指，笑著。

「小姐！小姐等等！」阿克跑到上班女郎身邊，氣喘吁吁。

「對不起我趕時間。」上班女郎連正眼看他都沒有。紅燈。

「不好意思我不是要推銷也不是要做問卷，我只是……」阿克說著說著，卻不知道自己應該怎麼搭訕法。

依舊紅燈，上班女郎皺著眉頭。

「請問我有沒有榮幸牽著妳的手過馬路？」阿克滿頭大汗，伸出手。

上班女郎終於好好看了阿克一眼，但卻是用一種端詳外星生物的表情。

「你是不是有神經病？」

「我……我這樣會很唐突嗎？」阿克搖搖欲墜。

「全台北就是你最唐突，你有在吃藥嗎？」上班女郎瞪著阿克。

「沒……沒有。」阿克臉都快燒起來了。

「你應該開始吃。」上班女郎邁開步走。

綠燈了。

第一個搭訕對象，弄得阿克神經差點崩壞掉。

拿起口袋裡的原子筆，在手心上劃了一個「正」字的第一橫。他心想，幸好店長提供自己這個「搭訕地獄」練習法，要不然明天的告白鐵定因為腎上腺素亂分泌導致不知所云而失敗。

「振作！阿克！」阿克拍拍自己滾燙的臉頰，為自己打氣：「還有一個下午、一個晚上，不振作可不行！」

「小小姐，不好意思，我剛剛撿到一千塊不知道該怎麼花，請問妳願意跟我一起看電影嗎？」阿克滿臉通紅，傻愣愣地蹲在國小門口，一個七歲小女孩面前。

「可是我只能看普通級的耶。」小女孩早熟地撥弄小辮子。

「是嗎？最近有什麼卡通片？」阿克沉思。

「喂，不要騷擾我女兒，小心我叫校警抓你！」一個肥胖的中年婦人突然出現，氣呼呼地瞪著阿克。

「抱歉，我肯定來得太早了。」阿克趕緊逃跑，在手心上添了一筆。

「司機，請問妳什麼時候下班？一起吃晚飯看個電影好不好？午夜場也可以的。」阿克投下十五元硬幣，緊張地低頭問。

「同學請看這邊的標語，請不要跟公車司機聊天，會讓我分神。」一個歐巴握著方向盤，冷淡地指著門上的標語說：「況且後面有那麼多放學的高中女生，你可不可以振作點去邀她們？不要來騷擾我。」

「是是，不好意思。」阿克連忙道歉，假裝沒聽見身後一堆高中女生不停大笑。

阿克在手心上添了兩筆劃記。

「對不起這位先生，我可不可以借你的女朋友看一場電影？這樣問會不會很冒昧？」阿克搔搔頭，神色扭捏地站在一對情侶前。

西門町，頭髮染成金黃的女孩傻了眼，手中的甜筒差點摔下。

「你說呢？」理著龐克頭的男孩皺起眉頭。

「好像是有點冒昧，那下次吧，打擾了。」阿克微微鞠躬，在手心上添了三筆。

「等等，你不是要借我的女朋友去看電影？」龐克男拉住阿克。

「不好意思，不用了。」阿克卻驚訝龐克男眼中的善意。

「沒啦，五百塊，純看電影。五千塊，看電影加上賓館，兩小時任幹。」龐克男拍拍阿克的肩膀，頗有惺惺相惜之意。

阿克嚇到，一看金髮妹，年紀不到二十的她正開心揮手，推銷正處青春年華的自己。

「還是算了。」阿克趕忙逃走。

這個城市真的生病了。

看著手機上的電子時鐘，八點半。

手心上的劃記，十一個正字，合五十五次搭訕經驗。

「我怎麼也想不到，自己有一天竟會為了搭訕廢寢忘食。」阿克吃著阿忠麵線，覺得自己越是亂搭訕，就越像個機械人，或者更精確地說，一台冷笑話製造機。

阿克嘆氣，注意到一個西方巨乳娘站在一旁吸麵線，還揹著一個大登山包。

「唉。」阿克苦笑：「愛情之神啊，請睜大眼睛正視我的努力吧，讓我早日脫離去死去死團萬年ＶＩＰ的行列，從好人俱樂部除名啊！」

一局下

1.5

房間還保持得跟五天前一樣。

打翻的水杯碎片還躺在地上，冰箱裡的優格布丁過期了，垃圾桶微微發臭，浴缸上還留著乾涸的紅色。十七個小魚缸裡，虛弱的小魚有氣無力，載沉載浮。

房間默默地告訴小雪，在自己因割腕被送醫急救後，她的寶貝第二任男友不只沒去看她，就連這房間也沒進來過。一次都沒有。

「太忙了嗎？」小雪自言自語。

但彈子房的圍事能有什麼忙法？有人來找碴？有客人為了搶美眉大打出手？

「還是劍南出了什麼事？」小雪緊張起來，在和式桌底下翻找到早已沒電的手機，慌亂地插上電。

嘟……嘟……嘟……

您撥的電話通話中，請稍後再撥。

「跟誰在講電話？」小雪納悶著，然後她想起了曾在大陸電影掀起議論熱潮的電影「手機」，裡頭解剖了幾個關於用手機偷情的祕密，其中一個是「在開機的狀態下將電池拔掉，來電者聽到的並不會是沒有訊號，而是通話中。」

小雪皺著眉頭。不，這傢伙沒那麼精打細算，認真說起來，劍南根本沒什麼大腦。然而在斷斷續續撥了半刻鐘後，小雪不禁犯起疑來。

「王八蛋，死劍南，到底是在跟誰講電話？」小雪忿忿說道，站了起來。十幾個小魚缸，十幾對饑腸轆轆的眼睛正張望著，擺弄著尾巴。

「餵完了魚再去找你算帳！」小雪踢倒和式桌。

小雪拿起櫃子上的乾魚糧小心翼翼撒進魚缸裡。幾天下來沒有清理魚糞，水都濁了，現在又倒下飼料，待會兒魚兒吃飽了一定得好好清理這些缸子不可，不然這些原本就生病了的小魚，恐怕會熬不下去。

小雪工作的水族店裡有個規矩，只要有小魚生了病，不管是白點病、爛腮病、腐皮病、松鱗病，無論難治易治都得第一時間撈出，以免感染到其他健康的魚，然後立即全面換水處理。生病的魚如果是昂貴的品種，例如紅龍或魟魚，在撈出後都可以得到妥善的照顧直到病癒，然而一般的小魚只要出現任何症狀，被隔離後絕難逃過安樂死的命運。

「老闆，可不可以將生病的魚送給我？」小雪當初是這麼開口的。

「小雪，妳要生病的魚做什麼？」老闆打了個呵欠。

「生病的人互相照顧，會好得比較快。」小雪說，將病魚包進袋子裡，灌入純氧。

從此之後，小雪的房間就成了病魚的加護病房。在小雪的照料之下，有一半的魚都會健健康康回到水族店。或許牠們都是小雪的希望，期待著有一天，自己也能遇到一個好人，無論如何都會堅守在自己旁邊，安撫自己的情緒，照顧自己隨時被陰暗包圍的靈魂。

「一定要好起來喔。」小雪笑笑，手指伸進水中，讓小魚親吻她的指尖。

彈子房依舊煙霧繚繞，這年頭的年輕人好像不叼根菸就酷不起來的樣子，男人們一手抓著推桿，一手捧著年輕辣妹的屁股，兩者缺一不可。

「劍南呢？現在不是他的班嗎？」小雪環顧整個彈子房，就是找不到她的男友。

所有人面面相覷，小雪每次來找劍南都不會有好事。

何況她的左手裡，正捏著一顆技安扭蛋！

「我問你們劍南呢！」小雪用力一拍撞球桌，所有人的心都跳了一下。

「嫂子，劍南哥他……他出去跟人談判了！可能要……」一個臉上刺了個「恥」字的嘍囉勉強應聲。

「可能要晚一點才能回來吧！請嫂子先回家等等吧，劍南哥大人做大事，總是這樣的。」另一個穿著花襯衫的嘍囉打著哈哈，搔著頭笑道。

「談判？他去談判怎麼不帶著你們？他以為他是銅鑼灣扛霸子陳浩南啊？騙我！」小雪充滿殺氣的眼神向眾人掃射，大家訕訕低頭不敢跟她四目相接。

小雪的第六感一向很敏銳，她注意到一個死台妹的眼睛若有似無地飄向男廁，她手中的技安扭蛋頓時破裂。

「拿來！」小雪搶過一根推桿，氣沖沖地走向男廁。

「嫂子！那是男廁！女廁在另一邊啊！」死嘍囉們慌慌張張想攔住小雪，但小雪桿子用力一揮，大家只好全閃開。

小雪走進男廁，小便斗區沒有人，隨即低頭檢查大號區的門縫底下有沒有腳。果然，劍南慣穿的一雙靴子正在裡頭抖動。

隱隱約約，還有另一雙紅色的長筒靴正不尋常地晃著。

「混蛋！」小雪用力踢開廁所門。

坐在馬桶上的劍南大叫了一聲，像蛇一樣攀附在劍南身上的陌生女子嚇得跌落，兩人看到鬼般驚惶不已。

「談判談到抱在一起！我就知道轉到技安扭蛋一定不會有好事！」小雪憤怒不已，手上的球桿瘋狂砸在劍南身上。

劍南猝不及防被打了好幾下，陌生女子則趁隙逃出廁所。

「夠了吧！賤貨！」劍南回過神來，褲子還沒穿上就抓住往頭頂揮落的桿子，狼狽至極。

「罵什麼罵！你這台死自走砲！我自殺住院你看都沒看過我！」小雪歇斯底里咆哮：「在這裡跟女人鬼混！一點良心都沒有！」

「賤貨！我沒良心不是一天兩天的事了！妳別告訴我妳現在才知道！」劍南光著屁股，死命搶回桿子。

廁所門口全是看好戲的豬朋狗友，瞧得劍南滿臉發燙。

這下子糗出得可大，以後叫他怎麼在嘍囉面前擺出大哥的風範。

「去死吧！」劍南怒極攻心，一巴掌往小雪臉上摔落，打得小雪整個人錯愕倒地。

劍南用膝蓋折斷球桿，對著跪坐在地上的小雪大吼：「妳知不知道妳有多煩！跟妳在一起除了做愛還不錯外，我實在想不出來還有什麼好爽的！真賤啊妳，居然還巴著我這樣沒良心的傢伙！」

小雪哭著，整顆心沉進無底的流沙裡，越沉越無法呼吸，壓在身上的沙子越來越重。

技安扭蛋在地上快速轉著、旋著、嘲笑著，直到劍南一腳將扭蛋踏碎。

「整天只會將扭蛋掛在嘴邊的臭女人，是永遠得不到幸福的。」劍南拉上褲子，冷冷俯看無助的小雪。

小雪號啕大哭，哭得連圍觀的嘍囉們也不忍再看下去了。

「三……」小雪抽抽噎噎，呢喃著。

劍南本來已要踏出廁所，停下腳步，回頭瞪著崩潰中的小雪。

「三個壞球了……」小雪將臉埋進身體裡，蜷了起來。

「是啊，上帝再對妳投一個壞球，媽的妳就全部完蛋！」劍南嗤之以鼻：「整天就光會說這些，去！遲早妳會被下個男人打進垃圾桶！」

劍南瞪著大夥離開，只剩下越來越虛弱的小雪。

1.6

「小姐，請問妳該不會碰巧沒看過哈利波特三吧？」

「這位死台妹，妳看，我的手一直在跟我哭訴它二十年來都沒被女人碰過，妳能不能幫我安撫它一下？」

「同學！介不介意跟一個正好買了兩張電影票的時代青年看場蜘蛛人二？」

「這位歐巴請留步！雖然我已經錯過妳的人生二十……不，三十年，但能不能請妳陪我看場老少咸宜的史瑞克二？」

「賣蚵仔麵線的熟女阿姨！時間可是不等人的，午夜場電影正在召喚著妳和我啊！」

浸泡在橙紅夜色裡的台北街頭，阿克兩眼無神地進行搭訕地獄特訓。

一次又一次，熟女、歐巴、洋妞、女警、女台妹、留著長髮的怪異男子，阿克盡情拋棄逐漸可有可無的羞恥心，眼皮也越來越重。

正字劃記爬滿了半個手心，算一算，還有二十個搭訕缺額。

「真如店長所說，雖然只是練習，但我居然連一個雌性動物都沒搭訕成功。是缺乏罣固酮的關係嗎？還是……」阿克靠著路燈搖搖晃晃地傻笑：「我真是神選的，命中註定擔綱去死去死團萬年VIP中的超級VIP？還是神有意要我加入BL的王道？」

阿克很想點根菸憂鬱上幾分鐘，可惜他不會。

大部分能讓男人看起來更酷的事物，髮油、古龍水、高級紅酒、刺青、菸乃至權力，阿克都沒有天分，勉強說起來，也只有棒球能讓他看起來有衝勁一些，或更像個傻子些。

「再搭訕十個，就去棒球打擊練習場流流汗吧。」阿克拍拍自己的臉，振作精神。

面對時速一百六十公里的快速直球，擊中球心的豪邁聲音，總是能振奮阿克疲累不堪的靈魂。

1.7

地下道的燈管又壞了，忽明忽滅，更增添城市底部的神祕氣息。

吹笛人有氣無力吹奏著不知名的進行曲，反正腳邊的鐵罐一天都沒什麼進帳。

乞丐無聊到唱起黃梅調，賣口香糖的婦人坐在輪椅上看過期的八卦雜誌。

「你的意思是，小女子今天會有偏財運？」

一個打扮嘻哈、穿著鼻環的年輕女孩坐在小小的算命攤前，滿臉不屑。

「是啊，妳的掌紋就是清清楚楚這麼告訴我，妳不信？我也沒辦法。」半路出師的中年男子捏著女孩的手掌，心中讚嘆著年輕女孩的皮膚真不是蓋的滑嫩，招搖撞騙的神壇用的那套「陰陽雙修」說詞，不曉得自己有沒有機會用上。

「現在已經晚上十點多了，我哪來的偏財運？要簽樂透也超過時間了。」嘻哈女孩將手抽了回去，在自己褲子上指了指。

「呵呵，要不，我正好尿急，妳幫我顧個攤子，我到附近的麥當勞解個手，妳算命的錢就不跟妳收了。」算命先生笑嘻嘻地說：「這樣也算偏財運吧？跟妳說我很準的。」

「也好，你快去快回喔。」嘻哈女孩蹺起腿，看看錶。

算命先生將桌上的鐵盒子打開，將幾張紅色鈔票放進口袋裡才離去，邊跑還邊回頭向嘻哈女孩揮手。

「好噁心啊。」嘻哈女孩嫌惡地看著算命先生的背影，吐吐舌頭。

嘻哈女孩百般聊賴，從背包裡拿出一疊昨天才從網路上購買的二手塔羅牌，隨意攤放在桌上，看看附近沒有什麼人注意，索性坐到算命先生的位子上，煞有其事地玩了起來。

「說不定有一天我將塔羅牌練會了，也來擺個攤子？」嘻哈女孩隨意翻弄著紙牌，口中唸唸有詞：「算命打工，應該是炫到不行吧？說不定以後還可以發展成連鎖店？嘖嘖……」

踏踏，踏踏，踏踏，踏踏……

高跟鞋清脆的踢踏聲從地下道右方傳來，那充滿節奏的聲音穿透了整個陰暗的窄小甬道，最後悄悄停在嘻哈女孩的面前。

嘻哈女孩忍不住抬起頭來，是一個穿著時髦套裝，身材姣好的上班女郎，女郎身上散發出淡淡的香水味，長髮遮掩不住白皙動人的脖子。

「打工嗎？」上班女郎微笑，眼睛裡的好奇大過於其他。

「不……不是……」嘻哈女孩支支吾吾，一時之間不知道該怎麼回答。

「今晚的業績不怎麼好？」上班女郎看著桌上空無一物的鐵盒，又看了看排列凌亂的塔羅牌，莞爾道：「塔羅牌擺攤算命，很新潮的想法，要繼續堅持理想喔。」

嘻哈女孩本能地點點頭。被當作老闆實在蠻神氣，腰桿不禁打了個直。

上班女郎卻拉開椅子坐下，讓嘻哈女孩嚇了一大跳。

「我當妳第一個客人吧？讓妳好好練習。」上班女郎微笑，想起自己大學時也曾在路邊擺攤賣衣服的往事。

「這……」嘻哈女孩臉紅了，許多想法在腦子裡跌跌撞撞，一時語塞。

「給個價值一百塊的意見吧，別緊張。」上班女郎掏出一張百元鈔，放在鐵盒子裡。

「要問什麼？愛情？事業？還是健康？」嘻哈女孩腦子一片混亂，手上卻不停翻轉著桌上的牌，十分熟練似的。

「愛情吧。」上班女郎裝出期待的表情。

「請妳……請妳隨便掀一張牌……」嘻哈女孩無法判斷上班女郎懂不懂得塔羅牌的玩法，只好孤注一擲。

上班女郎點點頭，故作考慮地選了張牌，翻開。

「嗯，這張牌的意思……」嘻哈女孩沉吟著，隨即掀開另外四張牌。

上班女郎其實不懂塔羅牌，但也瞧出嘻哈女孩的手法頗生疏，難怪沒什麼生意。

「今年妳的生日，會出現真命天子……然後……」嘻哈女孩皺起眉頭，歪著腦袋。

「然後呢？」上班女郎心中微微一震。

「然後他會向妳告白。」嘻哈女孩很篤定地說，梭哈了。

上班女郎提起公事包站了起來，滿臉掩藏不住的笑意。

「同學，明天就是我的生日。」上班女郎笑道：「妳算得準不準，再過幾個小時就會知道了。」

「啊！」嘻哈女孩嘴巴張得老大。

「希望妳誤打誤撞得精彩囉。」上班女郎轉身離去，高跟鞋的聲音似乎更加輕快了。

那是一種心情飛舞的明亮節奏，任誰都聽得出來。

嘻哈女孩呆呆瞧著上班女郎離去的背影，隱沒在地下道的左端。

嘻哈女孩又看了看鐵盒裡的一百塊錢，好像做夢一樣。

「我真有偏財運？真……真不可思議！」嘻哈女孩將鈔票放進口袋裡，胸口還在怦怦亂跳。剛剛真是太緊張了，真不曉得自己怎麼有勇氣話唬爛。

嘻哈女孩深呼吸調整紊亂的情緒，突然聽到一連串瑣碎、有氣無力的腳步聲從地下道左端傳了過來。

她往左一看，一個綁著馬尾、穿著破洞牛仔褲的女孩，正拖著沉重的腳步慢慢靠近。

腳步聲無精打采到了令人暈眩的地步，好像不是自己有意識地行走，而是被遠方的巨大黑洞所拖引著，隨時都會趴倒在地上似的。

女孩嘴裡呢喃著：「三個壞球……三個壞球……我連打擊的機會都沒有……」

這個城市多的是行屍走肉，但會不停重複這句經典的女孩，只有一個。小雪。

嘻哈女孩靈機一動，趕緊喚住了被黑洞拖引的小雪。

「小姐！等等！妳……妳的臉色不太好喔！」嘻哈女孩皺起了眉頭。

「這誰都看得出來吧？」小雪停下腳步，嘻哈女孩這才看清楚小雪的臉上都是淚痕，眼睛都哭腫了。

小雪揉揉眼睛，又要開步走，嘻哈女孩趕忙起身招呼：「要不要算算命，說不定會對妳有幫助的！」

小雪像個幽魂，身體搖搖晃晃：「我今天背透了，如果妳再說一些欺負我的話，我會大暴走的……」

嘻哈女孩一臉在所不辭：「請放心！本攤的特色就是……只說好聽的話！」

小雪無助地點點頭：「那好吧。」坐了下來。

「那麼，妳想問什麼？工作？愛情？課業？還是問身體健康？」嘻哈女孩暗自祈禱算命先生的尿撒得久些。

「我想問，明天我會不會又轉到技安扭蛋？」小雪哭喪著臉：「我轉到小叮噹扭蛋的機率有多大？」

嘻哈女孩感到極度錯愕，哪有人在問扭蛋的問題，恐怕連正牌的算命師傅也回答不出來吧！

「妳在說什麼我不太懂……不過……」嘻哈女孩正想將桌上的牌重新洗一洗時，小雪突然開口了。

「這桌上的牌的意思好嗎？」小雪問。

「還不錯。」嘻哈女孩說。

「那我直接用它的意思可以嗎？」小雪的聲音充滿求救的訊號。

「也……也不是不行，不過……」嘻哈女孩有些傻眼。

「行就可以了，我需要一個活下去的好理由。」小雪雙手合十。

「那麼……這位小姐，妳今年生日的時候，會出現一位真命天子跟妳告白，一定要好好把握住。」嘻哈女孩快速講完，深怕算命先生突然回來。

「真的嗎？」小雪突然打起精神，眼睛綻放光芒。

「真的，千真萬確。」嘻哈女孩的語氣堅定不移。

「我明天生日！太好了！救星這麼快就來了！」小雪喜極而泣，站了起來。

嘻哈女孩下巴都快掉下。

真這麼邪門？一分鐘之內遇到兩個同一天生日的人！

「謝謝妳！謝謝妳！」小雪從口袋裡掏出張百元鈔，放在桌上的鐵盒子裡。

「不客氣。」嘻哈女孩愣愣地收下鈔票，看著小雪蹦蹦跳跳消失在地下道右端，跟剛才神魂俱滅的樣貌判若兩人。

嘻哈女孩深深吸了口氣，完全無法思考剛剛自己做的事到底對不對。

但不管怎樣，這種真命天子出現的預言應該都是無害的玩笑吧？她不知道，尤其第二個女孩驚喜的模樣讓她著實內疚，希望明天真有奇蹟降臨在她身上吧。

她祈禱。

59 **愛情**

兩好三壞。

二局上

2.1

天氣晴。

戀愛指數，不明。

鬧鐘響起前，阿克早就坐在床上醞釀情緒一個多小時。

「今天要告白了。」阿克抱著趴趴熊，嘴裡含著牙刷。

真正上場時，可不能像昨天那樣一路失敗到底啊。不過厄運這種東西就像骨牌效應，起頭一個倒栽蔥，往往導致滿盤皆輸的局面。

「保佑我，趴趴熊！」阿克對著趴趴熊叫喊著，用力抱著，好像要將裡頭的棉花擠爆似的。

公車上，不安的情緒似乎開始發酵，畢竟玩笑與實戰可是兩回事。阿克抱著大趴趴熊，想讓肥大的海綿稀釋緊繃的情緒。

深呼吸，搓揉掌心，都是焦躁的汗水，昨晚留下的劃記似乎抹去大半。

但他可是將告白地獄的次數算得清清楚楚。

九十九。

「再一個，再一個就百人斬了。」阿克瞥眼看著一旁拉著吊環的女孩。

女孩笑嘻嘻正在講手機，眼神裡都是濃情蜜意，似乎不好打擾。

再遠一點，幾個歐巴提著菜籃大聲互相寒暄，詢問哪間超市的豆芽菜最便宜。

「不行，歐巴一個算兩個，告白過了頭要是得重算怎麼辦？不行，不能冒險。」阿克放棄，轉移注意力看著窗外。

馬路上男男女女，有的腳步匆促，有的神色焦慮，連許多應該展顏歡笑的學生也皺著眉頭，這個世界似乎忙碌過頭了。

不知道有多少人有閒情逸致期待戀愛，有多少人碰巧沒有煩惱的事纏身，也打算在今天跟心愛的人告白呢？

如果今天有一萬個人準備告白，有幾千或是幾百人會成功呢？如果能事先知道關於告白或然率的答案，或許就能將成功率推算到自己身上了。

阿克看著懷裡的趴趴熊，它沒有嘴巴，顯然不能告訴他答案。

西門町。

這裡是女孩常去的公仔玩藝店，裡頭有最流行的夾娃娃機、大頭貼機，還有女孩最「需要」的扭蛋機，還有一個全台北市最沒本錢裸露上半身、卻老是不穿上衣的胖胖老闆。

胖老闆正看著電視新聞，還沒到中午，記者就報導恆春的氣溫已經飆到三十七度半，這塊土地簡直快發燒了。

「倉仔老闆，換十個十元。」女孩走到櫃台前，拿出一張百元鈔票。

「好幾天沒看見妳了，跑哪裡玩啦？」倉仔老闆一手拿著小型電風扇嗡嗡嗡吹著自己，一手打開收銀機。

「醫院。」女孩指著左手上的傷疤，吐吐舌頭。

「醫院好不好玩？」倉仔老闆笑，換了十個銅板給女孩。

「不好玩。」女孩轉身，腳步飛快。

「祝妳今天扭到那隻胖藍貓，技安惡靈退散啊。」倉仔老闆挖著鼻屎笑笑。

女孩蹲在一台外表最陳舊的扭蛋機前，雙掌合十默禱。

「扭蛋之神，請賜給我無往不利的小叮噹，或是戀愛運氣一流的宜靜。」女孩睜開眼睛，投下三枚硬幣，右手一轉。

咚。

女孩的眼睛亮了，是個小叮噹。

「謝謝扭蛋之神，我一定不會放過今天的好運氣。」女孩深呼吸，輕輕吻了圓形的扭蛋。

車門打開。

陽光將剛剛下車的阿克照耀得幾乎睜不開眼，阿克下意識拿著大趴趴熊擋住刺眼的陽光。頭低低，避開行人道上的一坨狗大便，卻撞上了什麼。

「哪有人這樣走路的啊？」被撞倒的，是個綁著馬尾的女孩。

「不好意思，我剛剛在練凌波微步……」阿克歉然，彎下腰想一手將女孩拉起。

女孩皺眉，拍掉阿克遞出的手，將一個剛剛遺落的扭蛋拾起，小心翼翼吹著上面的灰塵，好像十分寶貝似的。

女孩站起來，就要離去。

阿克靈機一動，隨即打起精神。

「同學，妳相信大自然是很奇妙的嗎？」阿克叫住女孩。

「大自然？」女孩轉頭。

「陽光、空氣、水，生命三元素那個大自然。」阿克比出勝利手勢。

「你在講什麼五四三？」女孩的頭歪掉。

「大自然很奇妙，總是先打雷後下雨不會先下雨後打雷的，所以我們這樣邂逅一定有意義，雖然我現在還看不出來，不過不打緊，國父也是革命十次才成功，不如我們一起吃個飯、看個電影，一起研究研究。」阿克亂七八糟地說完，最後還不忘露出比周星馳還白癡的燦爛笑容。

女孩卻愣住了。

「**在妳生日的時候，會遇見一個真命天子，向妳告白。**」

地下道的奇妙預言撞進女孩烏雲重鎖、堆滿技安扭蛋的腦袋裡，發出粉紅色的幸福光芒。

女孩從口袋裡掏出一副手銬，那手銬反射的陽光刺得阿克別過頭去。

卻聽見喀擦一聲。

阿克感覺手腕涼涼的，一低頭，發現自己的右手已經跟女孩的左手銬在一起。

「手銬？」這下換阿克的頭歪掉了。

「全名是，愛的小手銬。」女孩認真地說。

女孩的名字叫作小雪。

這是阿克與小雪的邂逅。

一個棒球笨蛋，與扭蛋女孩的愛情故事。

2.2

「喂？我剛剛做的只不過是無聊男子的爆無聊搭訕，又不是性騷擾，沒必要把我銬進警察局吧！」阿克被小雪拖著走，路上行人紛紛投以好奇的眼光，讓阿克很想死。

「我叫小雪。」小雪回頭笑笑。

「小雪同學，可以停一停聽我說句話嗎？」阿克苦苦哀求。

小雪依言停下腳步，用很稀奇的表情看著阿克。

阿克這才看清楚女孩的模樣。

稻穗顏色的短馬尾，清澈的大大眼睛，在陽光下格外有朝氣的淡淡雀斑，微翹的上嘴唇，是個高中生模樣的可愛女孩，好teen一族。

「幹……幹嘛？」阿克有些呆掉。

「我在等你的名字。」小雪看著阿克手中的趴趴熊。

「阿克。」阿克直覺不想說出全名，卻也臨時掰不出假的。

「阿克，我們不是要去看電影、吃飯，最後還要一起研究研究邂逅的意義？」

「邂逅……的意義？」阿克呆掉。

「就大自然很奇妙那個啊？」小雪笑。

「不會吧，妳是認真的嗎？」阿克有點暈眩。

「蜘蛛人二聽說很好看。」小雪想了想。

「喂，我要上班，而且我今天要……」阿克舉起趴趴熊，說：「送一位朋友生日禮物啊！」

小雪愣了一下，卻笑得更開心了。

「謝謝你。」小雪順手拿過趴趴熊，在它的黑眼圈上親了一下。

「謝三小?這隻熊……」阿克完全無法理解發生什麼事。

「祝我生日快樂囉。」小雪摟著熊，心想，這位真命天子真是準備周到。

2.3

電子賣場裡，文姿有些落寞地看著門口。

阿克遲到了兩個多小時，也沒請假，也沒電話，難道是生病昏倒在床上了?虧她興致勃勃地期待昨夜地下道的愛情預言實現，偏偏預言的主角根本沒有現身。

文姿看著手機，不知道該不該主動撥個電話給阿克。

「別著急。」店長不知道什麼時候出現在文姿身邊。

「我看起來很著急嗎?有什麼事好著急的?」文姿不以為然，冷淡地說。

「那傢伙昨天特訓了一整天，大概是體力透支睡過了頭，不過放心啦，今天看妳的面相，乖乖不得了，戀愛的運氣很強喔!」店長嘖嘖說道。

「無聊!」文姿火速轉身進辦公室，不想讓店長發現她其實笑得很開心。

然而，孟學卻擋在辦公室前，捧著一束雪白的香水百合，自信地看著文姿。

店長心裡暗呼不妙，阿克這小子竟讓這黃金單身漢搶了先機。

「生日快樂。」孟學遞上鮮花，文姿淡淡收下，沒有說什麼。

「不喜歡嗎？」孟學也不生氣。

在這個賣場裡，身為大股東獨生子的孟學唯一沒有兇過的人就是文姿。

當初文姿剛進賣場時，帶文姿見習一年的也是孟學，令人不解的是，文姿對孟學的態度始終冷冰冰的，沒有特殊的好感。

「那麼少，誰會喜歡？」文姿隨口說。

「我想也是。」孟學笑著表示同意，看著手錶，兩點整。

賣場的自動門叮叮咚咚打開，文姿聽見身後陣陣驚呼聲。

一轉身，十幾名不同花店的送花小弟魚貫進入賣場，朝著文姿走來，文姿根本來不及反應，懷裡、腳邊通通塞滿了她最喜歡的香水百合。

文姿有些透不過氣。

「每天見到妳，我才能想起自己為什麼呼吸的理由。」孟學說，還是一貫自信無比的笑容。

文姿覺得有東西在眼睛裡打轉，但她很清楚，那些讓她視線模糊的東西不是因為喜悅而存在。她閉上眼睛，讓眼淚流下。

「店長。」孟學將文姿輕輕摟在懷裡。

「是！」店長這才從壯觀的花景中醒來。

「我們兩個下午跟晚上都請假，沒問題吧。」孟學說，店長當然點頭如搗蒜。

地下道的愛情預言像一道可怕的符咒，啪地一聲貼在文姿的額頭上。

原來真命天子不是阿克？而是眼前這位自命不凡的男人？

2.4

小雪大概累壞了，電影一開始沒多久就在阿克的肩膀上睡著了。

阿克不是沒想過要偷偷閃人，但要在一個陌生女孩的身上搜尋手銬鑰匙，實在太猥褻也不禮貌，說起來也是自作自受，說要吃飯看電影畢竟也是出自自己的嘴巴。

阿克無奈地摸著口袋裡的手機，手機的背後缺了一大塊，電池整個被小雪拔去了。

「看電影不能講手機，跟漂亮的女孩子看電影，更是要百分之一百的專心。」小雪在睡著前是這麼說的。

所以阿克連一通簡單的簡訊都無法傳出去，只看著應該在文姿手中的趴趴熊，躺在身邊這位怪怪的美少女懷裡。

幸好電影很好看，大概是阿克看過的電影裡排行前五的好片吧，所以電影開演十分鐘後，觀眾的大笑聲就奪走了這個棒球笨蛋試圖想跟觀眾借手機的力氣。

而小雪一直到電影快結束時，才在最後一場感人的愛情戲中醒來，然後以光速哭得唏哩嘩啦。

「怎麼辦？」小雪哭著。

「什麼怎麼辦？」阿克慌了。

「這麼好看我前面都沒看到怎麼辦！」小雪哭得很慘：「你怎麼都沒叫我起來看？你一定是故意的，從一開始就打算跟我看兩場電影對不對？」

「兩場！」阿克完全當機，覺得踩進陷阱的不是小雪而是自己。

十分鐘後，電影散場，但小雪卻銬著阿克，兩人一前一後出現在電影史瑞克二的等候區。

「大小姐別玩死我了，我今天真的有事啊，如果我不能趕回公司，我的人生恐怕就飆出軌道了！」阿克的靈魂搖搖欲墜。

「你這樣說真失禮，好像跟我在一起很痛苦似的。」小雪搖搖頭。

「至少把手機電池還給我吧?」阿克哀求。

「挪!」小雪拿出她的手機，將電池毫不猶豫地拆下，遞給阿克。

「我要的是我的!」阿克解釋。

「你的我保管，我的你保管，約會的時候都要一心一意，很公平。」小雪說。

阿克悶透了，索性放棄，任由小雪將自己拉去買爆米花桶。

「跟我約會，就讓你這麼不開心啊?」小雪嘟起嘴。

「不是，只是……我們根本就不熟，而且我又是爛A片裡純情羞澀一輩子都沒福分碰女人的那種小男生，妳這樣讓我很困擾。」阿克捧著兩個大爆米花桶，看來晚飯是不用吃了。

「真命天子又不是陌生人。」小雪咕噥。

「什麼真命天子?妳連我的名字都只知道阿克兩字就跟我來看電影，我當然是陌生人，跟陌生人約會是很危險的，被賣掉怎麼辦?」阿克振振有辭。

「只有兩個字不行嗎?好吧，我叫小雪，蘇曉雪，曉是破曉的曉，不過我喜歡小一點的小。」小雪自我介紹。

「我叫阿克，克難的克，克服的克，巧克力的克，全名是李麥克，不過不是開霹靂車那個李麥克。」阿克碎碎唸著，其實他才不是叫李麥克，他叫李克，就兩個字。

「你蠻喜歡說廢話的耶。」小雪笑了出來。

「小……小雪，既然我們都自我介紹過了，就不算是陌生人了，可不可以解開手銬？我又不會逃跑。」阿克提議，搖晃著手上吸引眾人異樣目光的手銬。

「幸福都是這樣鬼鬼祟祟的，不抓緊一點，很容易就溜走了。」小雪反而高高舉起左手，向周圍的人展示與阿克愛的小連結。

阿克羞愧地低下頭，完全想不出擺脫這個古怪女孩的方法。

此時，有一雙敏感的眼睛，正站在十公尺外看著這一切。

「阿克？」文姿不能置信。

這是怎麼回事？趴趴熊被一個笑嘻嘻的馬尾女孩給抱住，而那個呆裡呆氣的阿克與馬尾女孩親暱地銬在一起，一副初戀小情人的樣子。

「要進場囉！」孟學拿著一桶爆米花跟兩杯可樂走過來。

文姿深深吸了一口氣，接過一杯可樂。

「對不起，剛剛櫃台那邊人很多，妳沒等太久吧？」孟學問。

「不會。」文姿淡淡回應，將手輕輕靠在孟學的手背上。

孟學自然不會錯過這個小信號，毫不猶豫握起文姿的手，雖然他也不曉得文姿為什麼會在這個時候，釋放出他夢寐以求的訊息。

「我喜歡妳。」孟學握緊文姿的手。

「我知道。」文姿能說的，就只有這三個字。

她的思緒還停留在剛剛那一幕，她的眼睛也無法從遠遠前面那對，輕靠在一起的小情侶上挪開。

幾分鐘後，戲院裡所有人被史瑞克二搞笑的劇情逗得哈哈大笑時，文姿卻捧著肚子笑到流眼淚，流個不停。

而阿克身邊的小雪，又再度睡著了。

戀愛需要的運氣，在一次不該出現的地下道錯身中，似乎被頑皮的邱比特給徹底掉包了。

「妳確定要睡覺？」阿克推推身邊的小雪，相當無奈。

「噓。」小雪將食指擺在唇上，睡得很香甜。

二局下

2.5

看完了電影，依照約定，還得吃個飯才能擺脫眼前的纏人女孩。

等一個人咖啡，台北分店。

大概是受到店名的吸引，兩人來到這間沒人認識的咖啡店，阿克隨意點了飯吃。

「電影看完了，飯也正在吃，小雪，妳家往哪個方向？等一下送妳坐車，從此一拍兩散。」阿克用左手扒著燴飯。

「這間店的菜單好特別喔，上面的咖啡選單寫著隨便點隨便做，真的可以隨便點嗎？」小雪研究著菜單，好像沒聽見阿克說的話。

「我哪知道，這又不是重點。」阿克嘆氣：「手機電池可以還給我了吧，挪，這是妳的手機電池，不欠妳了。」將小雪拆給他的電池放在桌上。

「服務生！」小雪舉手，連帶舉起阿克被銬住的右手，阿克真想拿個什麼東西砸死自己。

一個高佻的女服務生走過來，嘴裡還叼了支筆。

「這裡什麼咖啡都有嗎？」小雪問。

「上面都說了隨便取名隨便做，不保證好喝但保證貴是一定的。」女服務生頓了頓，看了看手銬，說：「剛剛從監獄逃出來嗎？」

「不好意思，其實是我被綁架了。」阿克忍不住碎碎抱怨。

「我在跟美女講話的時候，最討厭男人插嘴了。」女服務生指著阿克面前的燴飯，說：「你這盤飯的錢乘以二。」

阿克大驚，遇到奇怪的黑店了。

「我叫阿不思，這位小姐？」女服務生淡淡地問。

「小雪。」小雪笑笑：「我要一份真命天子之愛情咖啡，他要一份永摯不渝之愛情咖啡。」

「等等，我才沒有要一份什麼永……」阿克慌張阻止。

「沒問題，馬上來。」那位叫阿不思的女服務生轉頭就走。

阿克看著小雪，她笑嘻嘻地看著阿克，沒有迴避他忍耐快到極限的眼神。

「阿克，你不帥。」小雪說。

「我也跟我媽說過了，她說她生了就算數。」阿克沒好氣地說。

「不過你有顆很善良的心。」小雪認真地說：「一般人被我這麼亂纏，早就失去耐心，即使要把我拖進警察局或是毒打一頓，也不惜將手銬給打開，可是你不一樣，陪我看了兩場電影，我睡著了你也不生氣。」

阿克被小雪的眼睛看得很不自在，只好低下頭去扒飯。

其實他怎麼可能不生氣？他只是不習慣生氣，現在被小雪說他善良，之後要發作只怕更難了。

「所以，阿克，看這邊。」小雪拿起手機，將背後的鏡頭對準阿克。

喀擦。

「照我相做什麼?萍水相逢的留念嗎？」阿克動念，其實這樣的萍水相逢要是別發生在文姿生日，回想起來也挺有意思的。

「不是，是要傳給我前男友，告訴他我交了一個好男人，他會保護我、愛惜我、不讓我受委屈。」小雪頓了一下繼續說：「然後叫他去死。」手指按著手機鍵盤。

「原來妳是跟男朋友在嘔氣。」阿克反而鬆了口氣：「我一直覺得奇怪，我這麼白爛的搭訕法怎可能釣到妳這麼漂亮的女生，原來妳是想藉跟我約會讓男友吃醋。」

小雪搖搖頭，放下手機。

「一個在我自殺住院時，還會在外面跟女人糾纏不清的爛男人，一點也沒什麼好留戀的。」

小雪露出左手腕上的傷疤，那傷疤一直被手銬遮住，阿克自然沒有注意。

「那妳對我……」阿克愣住。

服務生阿不思端著盤子走近，遞上兩杯模樣奇趣的咖啡。

「小雪，妳的真命天子。」阿不思優雅地為小雪攪拌咖啡，叮叮噹噹十分好聽。

小雪嚐了一口，露出滿足的表情。

「奶泡好醇，還有巧克力的小顆粒藏在奶泡下面上不來，不過巧克力有些苦澀。」小雪又喝了口，臉色更是驚喜：「下面沉了好濃的蜂蜜，卻不會太甜，好香好濃，跟巧克力顆粒混在一起一點也不奇怪，巧克力也不苦了。」

「這就是真命天子。」阿不思優雅地說：「給人溫和的第一印象，剛開始相處時卻會讓對方嚐到苦澀，過了很久兩人才會了解到，回憶沉澱了甜蜜的一切，之前的苦澀也會變成人生最香醇的一部分。」

小雪舔著嘴唇上的奶泡，嘆道：「真捨不得喝完。」

阿不思只是微笑不語，也許她還是個愛情哲學家吧。

「說那麼多，真有那麼好喝？」阿克忍不住拿起眼前的「永摯不渝」端詳再三。

這咖啡沒有奶泡載浮其上，黑沉沉的，一點清澈的感覺都沒有，觸碰杯子，還是燙的。阿克深呼吸一聞，卻絲毫沒有咖啡的味道。

「難道是反璞歸真的化境？沒有咖啡香氣的咖啡？」阿克嚐了一口，眉頭登時揪了起來。

這味道好熟悉，但可以肯定，這絕對不是咖啡！

「等等！這是燒仙草吧！」阿克叫住正轉身的阿不思。

阿不思回頭，沒有迴避阿克質疑的眼神。

「是啊。」阿不思直截了當。

「是啊？是啊什麼！」阿克震驚。

「這個世界根本沒有永摯不渝的愛情，只有看起來很像，但骨子裡完全不是那麼回事的東西。所以，當然也沒有這種咖啡，只有看起來很像，喝起來卻是兩回事的燒仙草。」阿不思邊說邊回到了櫃台。

「喂！那這杯燒仙草多少錢啊？」阿克大聲問道，聲音都在顫抖。

「三百六，喝不完罰兩倍。」阿不思淡淡地講解完畢。

「太貴了吧！」阿克尖叫。

「給你這個夢，還算很便宜了。」阿不思點了根菸。

小雪笑得很開心，阿克卻完全傻住。

今天果然是被奇怪的愛情綁架了。

2.6

等一個人咖啡店附近，市政府捷運站前。

「你自己一個人住嗎？」小雪問。

「嗯，我老家在南部，退伍後一個人在台北租房子工作。」阿克反問：「妳呢？等一下要坐到哪一站？」他心想，是時候結束這場惡夢了。

「木柵線的科技大樓站，你呢？」小雪說。

「木柵線的麟光站。」阿克說：「手機電池。」伸手。

小雪從包包裡拿出從阿克手機拆下的電池，阿克接過，立刻裝上手機。

「妳不會差一點忘記還有手銬吧。」阿克又晃晃右手。

「我想去你那邊坐一下。」小雪說。

「不行，我今天晚上有事，別囉唆了快把手銬給打開。」阿克果斷。

「你看。」小雪將自己的手機拿給阿克看。

彩色螢幕上是封打開的多媒體簡訊，上面是一個兇惡男子的照片，下面一行字寫著：「婊子，敢叫我去死？信不信我過去扁妳一頓！」

「他是誰？幹嘛要揍妳？」阿克不解，將手機還給小雪。

「他就是我前男友，暴力中毒的小流氓。」小雪眼睛含著淚水：「都是我跟他炫耀你的存在的關係，這下完蛋了，他一定會去我家等我，把我揍死。」

「不會吧？小倆口吵吵架，犯不著動手動腳的吧？」阿克隱約覺得大事不妙。

「他一定會把我剁成八塊，然後丟到八個地方，就跟他對待以前女友的手段一樣。」小雪突然哭泣，蹲在人行道上，阿克不得不跟著蹲下。

「以前的女友？一樣的手段？」阿克感到荒謬。

突然，小雪的手機響了。

小雪接了起來，躲在一旁不知道碎碎唸些什麼，但阿克可以清楚看見小雪的臉色充滿了驚恐。應該是那個兇殘的男友吧？

「阿克，殺人兇手要跟你說話。」小雪突然將手機拿給阿克。

阿克躊躇了一下，耐著性子接過。

「喂？」阿克不明局勢，說不定小雪剛剛是在話唬爛。

「操你個大機掰！你叫什麼名字！混哪裡的！大哥是誰！有沒有種出來跟我單挑！敢動我的女人你是嫌小鳥太長是不是！」電話那頭的劍南罵得兇狠，果然是訓練有素的癟三。

「除了最後一句有點創意，其他都是抄電視上的耶？」阿克挖鼻孔，哼哼。

「幹！你算什麼東西竟敢跟我嗆！你大哥是誰還不快給我講出來！」劍南破口大罵，身為癟三的他相當在意對方的靠山是哪位。

「我大哥是賞金一億的海賊王蒙奇・D・魯夫，自信打得過他的橡膠拳的話，今天晚上兩點半，二二八公園靠門的公共廁所見，不砍不散。」阿克掛掉手機，卻見小雪臉色更驚懼了。

比起電話那頭遙不可及的流氓，近在眼前的小雪真是一枚走路核彈。

「阿克，你的住址可不可以給我，我想在死前哀求我前男友，貼張郵票在我的額頭上快遞給你，讓你永遠記住我可愛的模樣，讓你永遠都忘不了今天我們有過一次美好的約會。」小雪哭得很淒厲，拿出手機要記下阿克的住址。

「好了好了！越說越遠了，都扯到外太空了，妳到底想說什麼？」阿克無可奈何，他可不想收到一顆貼著郵票的頭。

2.7

「收留我一個晚上。」小雪擦著眼淚。

阿克的房間不怎麼亂，因為他是個很簡單的人。

小小七坪大的房間裡，除了一張靠窗的床、一個不大不小的衣櫃、一盞橘色小檯燈、一台幾乎只用來看新聞與職棒轉播的電視外，就是幾本散落在地的旅遊雜誌跟一些破舊的棒球用具。

地上矮矮的和式桌上，放了一張阿克與文姿的旅遊合照，蓋著照片的玻璃擦得閃閃發亮。

「好熱喔。」小雪脫下鞋子，迫不及待跳上榻榻米，用手搧著風。

「是很熱，早知道就買顆大西瓜回來吃。」阿克說，趕緊脫下鞋子，免得被小雪拖倒。

小雪蹦蹦跳跳的，好奇地東看西瞧。

「陳金鋒的簽名球耶！」小雪在書櫃上發現一顆端坐在架子上的棒球。

這顆棒球雖然有些破損，卻有藍色的麥克筆題字其上。

小雪小心翼翼拿起簽名球，卻發現鋒字被塗改過，底下有一層厚厚的立可白。

「那是我自己簽的，本來我還以為鋒是山峰的峰，後來發現了才改過來。」阿克看著與小雪之間的手銬，剛剛搭捷運時真是丟臉死了。

小雪笑嘻嘻地從口袋裡拿出鑰匙，喀擦一聲打開手銬，阿克活動手腕，總算是鬆了口氣。

依照今晚的驚恐程度，如果這小妮子竟然說鑰匙不見了也不奇怪。

「好好笑喔，幹嘛自己簽陳金鋒的名啊！」小雪把玩著球。

「那還用說，我想要陳金鋒的簽名球可是拿不到，乾脆自己簽。只要有心，人人都可以是陳金鋒。」阿克打開窗戶，讓夏天的涼風吹進來。

小雪將趴趴熊放在角落，踩在床上與阿克一齊看著窗外。

「阿克喜歡棒球。」小雪說，看著阿克粗厚的手掌。

「一般般啦。」阿克看著手掌上的繭，那可是他常去打擊場練習揮棒的成果。

「我第一任男友是棒球好手喔，最後還得到大聯盟的測試邀請。」小雪跳下床。

「真的假的？哪一個？」阿克驚訝。

「假的。」小雪呵呵笑。

「無聊。」阿克沒好氣答道。

阿克從床底下拉出一箱保久乳，說：「我這裡沒冰箱，所以都喝水跟保久乳，不介意吧？」

小雪沒有說話，看著和式桌上的照片，嘟起嘴，指著照片。

阿克拿著兩罐巧克力保久乳蹲在一旁，遞了一罐給翹嘴的小雪。

「喔，那是我跟我喜歡的女孩去年一起去花蓮旅行的照片，她雖然很兇，可是很漂亮吧？

其實呢，我今天本來是打算跟她告白的，為了告白成功，從昨天下午開始我就卯起來搭訕，我們店長說，如果能連續搭訕一百個女孩，就可以得到勢如破竹的告白勇氣，所以囉，這就是我們今天邂逅的真相。」阿克幫小雪插下吸管，一講起文姿他就高興起來。

「原來誤打誤撞的，我們兩個就在一起了，這個女的還真是我們之間的紅娘。」小雪恍然大悟。

「這是什麼結論啊？」阿克忍不住笑了出來，這個女的還真幽默。

「你都帶我回家了，孤男寡女共處一室，不是在一起是什麼？害小雪好大心。」小雪天真無邪的表情。

「大什麼心，是妳哭著哀求我收留妳一晚的耶！」阿克大驚。

「巧克力奶好好喝。」小雪吸著吸管，豎起大拇指，完全忽略阿克說的話。

阿克大駭，這女孩該不會是一意孤行的妖怪吧！

「小雪很累，要睡了。」小雪打呵欠，將乾癟的利樂包放進垃圾桶裡。

「等等！我還有話沒說完！妳完全誤解我的意思！」阿克伸手過去拉小雪。

「太快了。」小雪搖搖頭，逕自爬上阿克的床。

「太快什麼？」阿克不解。

「我們才剛剛在一起，還不到可以在室內手拉手的進度，更不到我用身體付房租的階段。我睡床，你睡地板。」小雪正色說道，這番話嚇得阿克的手像觸電般縮回。

燈熄了。

阿克睡得離床很遠，深怕被冠上「人面禽獸」的雅號，然後登在蘋果日報頭版，還附贈示意圖！

但阿克卻睡不著。

他的心裡掛念著文姿生日，他不得已缺席，可是手機裡卻沒有任何文姿留下的簡訊，難道她的生日裡，他是可有可無的盲腸。

阿克側著身子，慢慢輸入：

「文姿，生日快樂，請原諒我今天有事耽擱了，明天我一定將生日禮物補上。」

小雪翻來覆去，好像睡得不頂舒服。

「這裡這麼熱，怎麼連電風扇跟冷氣都沒有啊。」小雪受不了地坐起，將涼被踢到腳邊。

「窗戶才開不久，慢慢的就會涼起來啦。」阿克說。

「你不怕蚊子?」

「這裡五樓耶，蚊子還沒飛上來就喘死了。」

小雪看著窗外陽台外的月光，好像有什麼事沒能想起。

「我今天忘記買蛋糕了。」小雪突然嘆氣。

「今天真的是妳生日？」阿克狐疑。

小雪沒有立刻回話，只是一直看著月光。

風吹來，真的還蠻涼快的。

「阿克，你轉過扭蛋嗎？」小雪看著阿克，阿克不知所措。

「轉扭蛋做什麼？我不收集那種東西。」阿克直說。

「我相信，每個人都有一種專屬於自己的運氣占卜法，而屬於我的，就是快要銷聲匿跡的小叮噹扭蛋。」小雪靜靜地說。

「聽不懂，再說，妳怎麼知道那是專屬於妳自己的占卜法？」阿克有些好奇。

「兩年前我媽媽生病住院，有一天我在醫院附近無聊轉了顆扭蛋，結果打開來看，是個技安，當時我右邊的眼皮抽動了幾下，我心中隱隱覺得不安。」小雪頓了頓，淡淡地說：「結果我回到醫院，我媽就陷入昏迷，當天晚上就過世了。」

「會不會只是巧合？」阿克小心翼翼地問。

「三年前，我跟我第一任男朋友交往，他是我高中國文老師。」小雪幽幽地回憶：「有一天下課，我們在西門町約會，吃完飯轉個扭蛋玩玩，打開，還是個技安。」

「結果呢？」阿克問。

「結果第二天校長收到黑函，我們的師生戀終於爆發，我男友只好自動辭職維護莫名其妙的校譽。」小雪平淡出奇的語氣，好像在說著別人的事：「然後我們就莫名其妙地分手了。」

「真有點邪門。」阿克同意。

「後來我慢慢用每天轉到的扭蛋角色對照一天的運氣，發現轉到技安就代表厄運臨頭，轉到阿福就代表會犯小人，轉到大雄就代表今天我需要貴人相助，轉到宜靜就代表今天有戀愛的運氣。」小雪看著手中的小叮噹扭蛋：「而今天，就在遇見你的前一分鐘，我扭到了，代表無限好運的小叮噹。」

「免費看了兩場電影，吃了無數爆米花，拗了一頓晚餐，最後還被好心人收留過夜，的確是無限好運啊。」阿克打了個呵欠。

「我想，遇見你，一定有很重要的意義。」小雪認真無比：「就像在棒球比賽快結束時，第九局，兩人出局，身為最後一名打者的我面臨最關鍵的場面時，你突然變成投手手套裡最後那一顆球一樣。」

「越講越奇怪了，什麼第九局？什麼我變成球？」阿克覺得有些頭暈。

「我人生裡，已經錯過了兩次重大的好事，遭遇三次可悲的壞事，換算成棒球比賽裡的術語，就是兩好球三壞球的局面，而你，既然是在小叮噹扭蛋之神的祝福之下與我相遇，就一定是我所能把握的，最後一顆好球。」小雪看著躺在地上的阿克，一個善良又耿直的大男孩。

「也是我絕不能再次錯過的幸福。」小雪的臉龐在銀色月光下，格外清麗皎白。

美得，讓阿克瞧得都呆了。

「把人生比喻成棒球怪怪的，不過，小雪，如果再一記壞球的話，就輕鬆保送上壘了。」阿克試圖找出更好的解釋。

「阿克，再沒有別的打者了。一旦被四壞球保送上壘，人生就沒有任何意義了。」小雪深深地說，然後躺下。

過了許久，小雪一句話也沒有再說，想來是睡沉了。

然而阿克還在咀嚼小雪說的話。小雪的人生哲學隱含在自我詮釋的扭蛋裡，雖不切實際，卻又帶著點悲傷的荒謬，帶著點與她年齡不相襯的自我幽默。

「小雪，加油。」

阿克說，然後也睡著了。

三局上

3.1

早上阿克醒來時，小雪已經不在了。

有那麼幾秒的時間，阿克看著空盪盪的床，懷疑昨天發生的奇幻邂逅是不是真的。

「怎麼連一張說再見的紙條都不留？」

阿克一邊刷牙，一邊尋找小雪昨晚存在於房間的所有蛛絲馬跡。

垃圾桶裡有兩只被壓扁的保久乳利樂包、折好的涼被、枕頭上一根細細長長的頭髮、被移動過的「偽」陳金鋒簽名棒球，共計四個。

「還真有點他媽的悵然若失。」阿克漱口一邊想，自己也沒有她的手機號碼，否則一個月出來聊一聊、「各付各的」，似乎也不錯。

阿克笑笑，自己似乎希望她的人生能越來越好，雖然只是一場各自誤判的萍水相逢。

阿克抬起頭，看著浴室鏡子，這才嚇了一大跳。

額頭上有一個用口紅畫的愛心，還塗滿！

「媽的！」阿克罵道。

3.2

一進到賣場，就遇到滿臉困惑的店長。

「你昨天跑哪了？手機也不開，我怕你因為蹺班被孟學罵，所以還幫你簽了假單，你可別自己穿幫了！」店長一向是站在阿克這邊的。

「謝了，我昨天碰到妖怪了，所以被封印在奇怪的世界裡跑不出來。」阿克穿上員工制服，很快將自己昨晚發生的一切說了一遍。

店長專注聽完，並沒有露出「聽你在放屁」的表情。

「原來如此。」店長點點頭。

「就這四個字？原來如此？你不覺得荒唐我都覺得不可思議，要是別人跟我說我是鐵定不相信的。」阿克自嘲，看見文姿遠遠走進辦公室。

「對了，昨天文姿的生日……」阿克囁嚅道。

「孟學果然跟她告白了，還送了好幾束香水百合，文姿感動得差點就哭了！」店長嘆道，拍拍阿克的肩膀：「你跟文姿之間啊，就是缺了點愛情的運氣。」

「愛情的運氣？那是什麼？能吃嗎？」阿克堅定地說：「愛情是靠努力的，如果一切都講運氣，愛情還有什麼好感人的？」

「嘖嘖，你這小子從哪裡背來的句子。」店長笑笑，招呼客人去。

阿克想，無論如何都要跟文姿澄清誤會。一有這個念頭，阿克毫不猶豫走向賣場深處的辦公室。

辦公室裡，文姿正在跟賣場總經理做簡報，阿克只得站在門口等待。

簡報的內容似乎是賣場跟上游的電器公司下單的數字有誤，造成超額進貨了一百台冷氣機。但上游公司依照合約，只能接受三十台冷氣的全額退貨，其餘七十台賣場本身得自己消化。而文姿正擬定一套全新的冷氣銷售企劃，打算在一個月內解決冷氣機的庫存壓力，畢竟夏天只剩下兩個多月，接下來就進入砍價猛烈的秋天了。

「在窗型冷氣約佔五十台，小型分離式冷氣約佔二十台的情況下，這個數字約與原先賣場庫存的比例相符，我認為雖然時間上有壓力，但仍要從走訪各大賣場如愛買、家樂福、大潤發、順發、燦坤等，當然也包括路邊的隨機抽樣訪談，實地對冷氣消費者進行問卷訪談，了解消費者與潛藏消費者購買冷氣關鍵的考量因素在哪裡，才能做出最精準的特別企劃。」文姿有條不紊地解釋，阿克在門外暗自讚賞著。

「很好，那麼妳估計需要多少時間可以完成問卷調查？」賣場總經理問。

「問卷我已經擬定好了，請總經理過目。總共需要兩百份有效問卷，大約三到四天時間去進行，如果可以從賣場調派一個門市人員跟我合作，包括最後的統計迴歸模型的建立，共需五天的時間。」文姿說，將問卷放在賣場總經理桌上。

總經理點點頭，看著品管經理孟學，示意他給點意見。

「很好，就這麼做吧，至於跟文姿合作問卷的人選，我想從一般的門市銷售人員中調派並不適當，依照我自己……」孟學正想毛遂自薦時，辦公室的門突然打開，阿克衝了進來。

辦公室所有人錯愕地看著闖入的阿克。

「我！」阿克舉手，滿身大汗。

「你什麼？」賣場總經理瞪著他。

「我想跟文姿一起做問卷！」阿克緊張地說：「我想向文姿學姊多多學習，我想對將來實際銷售相關產品時會有宇宙戰艦那麼大的幫助，所以請讓我參加這次的市場調查。」

所有人聽了阿克這番不三不四的自薦，都笑了出來。

「文姿？」賣場總經理笑著，示意文姿自己決定。

文姿冷冷地瞪著阿克，阿克心中強烈的不安……

糟糕！昨天我的缺席，文姿真的生氣了！

「你會統計軟體嗎？」文姿冷冷地問，這個問題的答案她卻早就知道。

「會！在大學的時候，我一共有三個外號，一個叫統計軟體超人！一個叫不可思議的統計學魔人！一個叫宇宙統計協會會長！」阿克胡言亂語，其實他連統計軟體的名稱都叫不出來。

「就他吧。」文姿收拾著文件，冷冷的。

3.3

汽車引擎蓋上的熱氣將街上空氣扭曲變形，城市的上空一片無瑕的藍。

連雲都給烤散了。

到了下午五點這熱氣還被困鎖在台北這個盆地裡，反覆地蒸著這城市，蒸到阿克恨不得揹一台冷氣邊走邊吹。

地球快毀滅了嗎？阿克胡思亂想著。

「後悔了嗎？還是待在賣場比較涼快吧。」文姿淡淡地說。

那表情、那語氣幾乎回到了一年前，她剛帶阿克實習時兇巴巴的模樣。

「沒這回事。」阿克笑嘻嘻地，幫填問卷的路人撐陽傘。

幾個小時了，從中午做問卷到下午五點，這還是文姿第一次開口跟他說話，其餘的時間，阿克就是一股勁重複說著昨天發生的荒誕故事。

其實文姿早就相信阿克了，相處了一年，她深知阿克這傢伙的個性。

阿克就像一個只會投快速直球的硬漢，不管打擊者揮了幾次全壘打，他還是無法投出勾引打者亂出棒的變化球。阿克就是如此耿直，所以阿克編不出這麼荒唐的故事，何況那個手銬，她昨天是親眼見過的。

但文姿還是有些生氣。她氣阿克為什麼不強行將手機電池搶回來，為什麼不強行拖著那個叫小雪的怪女孩到鎖店，把那副怪異的手銬給打開，更氣阿克為什麼不拒絕那怪女孩要求庇護一晚的可笑要求。

「文姿，我已經可以一個人做問卷了，妳不用在我旁邊示範了。」阿克指著對街一間便利商店，說：「妳到裡面吹冷氣休息一下，翻個雜誌吧，我做好街頭部分的問卷後再去找妳，然後一起吃晚飯。」

阿克笑嘻嘻地，他的體貼一直跟別人的體貼不一樣。

阿克的體貼，是發自內心的關心，是「阿克關心文姿」，而不是「阿克想讓文姿覺得他關心她」。兩者看似只是字句上的重新組合，卻有著本質上的不同。

「不用了，兩個人一起做，速度快兩倍。」文姿冷冷說，背著阿克的臉卻笑了出來。

其實，要是阿克是那種會強行將手機電池搶回來、強行拖著那個叫小雪的怪女孩到鎖店把手銬給打開、拒絕庇護一晚的那種男孩，她恐怕也不會喜歡上阿克。

要知道，帥氣的男孩滿街跑，才華洋溢的男人不會少，多金的男人個個老，狗腿女人的滑舌不可靠。像阿克這種無法阻止自己善良特質作怪的男孩，卻是少之又少。

「文姿妳真好。」阿克笑笑。

「好什麼？你欠我的禮物呢？」文姿瞪著阿克。

「啊！忘記帶來！」阿克傻眼，今天早上匆匆出門，竟然忘了把趴趴熊帶上！

「也好，再欠我一個蛋糕。」文姿冷冷地說：「昨天我一口蛋糕都沒吃到，自然著落到你頭上。」

「嗯，沒問題！那今晚我們就啃蛋糕當晚餐吧！」阿克笑笑，自然高興得不得了。

一小時後，兩人終於做完今天份的問卷，於是到糕點店裡挑了一個文姿最喜歡的黑森林十二吋蛋糕。

「妳愛吃這麼甜的蛋糕，身材還這麼好？」阿克嘖嘖稱奇。

「蛋糕到哪吃好？」文姿故意這麼問，看著街上遠處。

「我知道有間店可以帶蛋糕進去吃，就在附近而已。」阿克提議。

「好，那我的生日禮物呢？」文姿伸手。

「不是說我忘記帶出來了嗎？」阿克不解。

「所以呢？」文姿又開始生氣了。

「所以……我明天再拿給妳？」阿克試探性地問。

「為什麼不今天去你家拿？」文姿有些著惱。

這傢伙真不會把握機會，非要女孩子將球做得這麼沒有面子嗎？

「我家？我家沒冷氣也沒電風扇，現在回去一定超熱，要是在裡頭點火柴，說不定砰一聲就會大爆炸！」阿克老實說，不好意思地傻笑。

「那趴趴熊呢？你說的那間店正好放著要送給我的趴趴熊嗎？」文姿快臉紅了，這老實的傢伙竟然逼她自己說出那些話。

「對喔！好啊，那就去我家吧！」阿克恍然大悟，文姿簡直氣結。

阿克拎著蛋糕，指著前面說：「好巧，我家也在附近，前面拐個彎、再拐個彎就到了。」

文姿瞪了他一眼。

這一點都不是巧合，那是文姿早就從員工資料中得知阿克的住處位置，於是故意挑了間距離阿克家很近的蛋糕店。

接近愛情蠢蛋的好男孩，正需要這樣聰明的女孩搭配。

3.4

阿克家在五樓，沒有電梯。

所以阿克足足有五層樓梯的時間慢慢發現，跟自己喜歡的女生逐漸靠近自己房間，所代表的意義。

到了第三樓，阿克想起自己還沒跟文姿告白，他的背上突然冒出大量的汗漿。

到了第四樓，阿克很想打電話給店長，即時問問他的意見，譬如今晚是否適合告白這類的問題。於是阿克停下腳步。

「怎麼了？你家不是住五樓？」文姿問。

「我……我想打電話給店長一下。」阿克有些侷促。

「打給他做什麼?」文姿不明白，這兩個人最近在中午吃飯時老是鬼鬼祟祟的。

「我有些話不知道該不該跟妳說，所以，我……我想打電話問他一下。」阿克慌亂的時候，連謊話都沒辦法編。

「你，有話要跟我說就說啊，幹嘛問店長。」文姿居然也感到緊張了，耳根子漸漸發燙。

不論她再怎麼用精明幹練這四個字掩飾，她終究還是個期待戀愛的小女人。

「嗯，說得也是。」阿克的臉都紅了，轉身繼續走上樓梯。

到了五樓，阿克小租屋的門前。

「文姿，我……」阿克的聲音有些顫抖，站在門口，在背包裡搜尋著鑰匙。

「有話，進去再說吧。」文姿深呼吸。

難得的，她緊張得有些呼吸不順。

這是幸福的預感吧?她心想，左手食指跟拇指搓得好緊。

「嗯，進……進去再說。」

阿克好不容易找出鑰匙，但還沒將鑰匙插進門鎖內時，門把卻自己慢慢轉動起來。

兩人訝異地看著門漸漸打開，一個可愛的女孩站在門後，揮揮手。

「聽到腳步聲，就知道你回來了，阿克。」是小雪。

小雪笑得很開心。

阿克在瞬間呆立成石膏像，文姿更是完全愣住。

文姿的眼角瞥見小雪的背後，和式桌上擺著一個小小的蛋糕，蛋糕上燭光搖曳。

「妳……妳怎麼……」阿克結結巴巴，眼前幾乎一黑。

「帶朋友回來也不先跟我說一聲，我好把房間收拾一下呢。」小雪輕聲埋怨。

阿克感覺到，一種接近靈魂的東西好像要從自己的鼻孔噴出去了。

「我明白你要對我說的話，可以了。」文姿淡淡地說，轉身下樓。

阿克想衝下去喚住文姿，卻聽見手腕上一聲喀擦。

那聲音很熟悉，彷彿昨天也聽過了的那麼熟悉。

「愛的小手銬，親愛的。」小雪笑嘻嘻舉起手，阿克也舉起手，不得不的那種。

「親愛的個大頭鬼，妳怎麼進來的！快把手銬打開！不然我朋友會誤會的！」阿克大叫，

文姿的高跟鞋聲卻漸漸急促，快消失在這棟樓裡。

阿克管不了男女授受不親的界限，倉促地往小雪裙子上的口袋摸去。

「你幹嘛吃我豆腐！」小雪急忙閃開，但阿克可是跟她銬在一起的連體嬰，兩人在地板上

滾個不停，僵持不下。

「快把鑰匙交出來！」阿克快生氣了，小雪只好掏出一把鑰匙，高高舉起。

「說你愛我！」小雪說道，將鑰匙握在掌心裡。

「不要！」阿克伸手要扳開小雪手掌，想搶走鑰匙。

「那就跟它說再見！」小雪大聲說道。

「什麼？」阿克愣住，只見小雪將鑰匙拋出窗外，劃出一道銀色弧線。

阿克看看手銬，看看小雪。完全無法理解的妖怪！

「妳的腦袋裡，到底裝了些什麼？」阿克慘道。

「裝你。」小雪快速在阿克的鼻子上吻了一下。

3.5

樓下的路燈打開了，小小的房間卻還殘存著對下午溫熱的記憶。

兩人將桌上的蛋糕吃得連渣不剩，因為的確很好吃。

一條魚在小魚缸裡優游，病懨懨的，小魚缸擺在和式桌上，兩人就這麼看著病魚吃完了蛋糕。

「妳怎麼進來的？」阿克看著手機發呆。

他連續打了七七四十九次，但文姿的手機就是不開，大概完全不想理他了吧。

「我去敲四樓房客的門，說我是你的女朋友，忘記帶鑰匙了，問他能不能請房東幫我開個門，就這樣囉，房東最後看我可愛，還把鑰匙留給了我。」小雪說，手指輕輕撥弄小魚缸裡的水。

這女孩，不，這隻妖怪，真是個睜眼說謊的高手。

「那這條魚是怎麼回事？」阿克問：「牠好像生病了？肚子有點鼓起來？」

「是生病了，如果繼續擺在水族店裡的大缸子，一定會傳染給其他的小魚。」小雪幽幽地說：「所以我就把牠撈起來啦，想單獨把牠治好再放回缸子裡，我醫魚的成績很好喔，只有真的病得很重的小魚才會死掉。」

「看不出來妳也有可愛的一面嘛。」阿克隨口說。眼睛看的，還是沒有回應的手機。

「所以這隻魚就寄放在阿克這裡，如果阿克能醫好牠，就能通過愛的小考驗，我們就可以在一起了，阿克要加油喔。」小雪正經地說。

「我又不知道牠得的是什麼病，就算知道我也不曉得怎麼治啊。」阿克說，心想其實這樣也好，要是這個妖怪說的是真的，養死了牠就可以擺脫糾纏，也不賴。

「這隻魚得了白點病初期，只要定期換水三分之一，再配合每次約二十分鐘的藥浴，就可以慢慢康復了。這隻魚蠻強壯的，如果阿克你給牠愛的話，牠很快就能回去大缸子，跟大家在一起了。」小雪說。

「是喔。」阿克躺在地板上，閉上眼睛。

阿克雖然魯鈍，但可不是笨蛋，他懷疑這個女孩今天晚上是否又要用奇怪的理由借住在自己這邊。

「阿克，你看起來心情很不好。」小雪說：「我認識一個在地下道用塔羅牌算命的女生，她的特色就是只說好聽話，我想你現在一定需要這個。」

「不了，心情不好時，我只要流流汗就好了。」阿克看著窗外。

「好色喔。」小雪突然紅了臉。

「喂，好色個屁，我是指打棒球。」阿克趕緊澄清：「我認識在棒球打擊練習場負責鎖門的朋友，無論多晚我都可以去那邊練習揮棒，流流汗，回來就好睡覺了。」

「那我們去吧。」小雪笑著。

「戴著手銬怎麼去？去了也打不成。」阿克瞪著窗外，那妖怪就這麼把鑰匙丟出去了。

「說到手銬，阿克，你好像不怎麼擔心手銬的事。」小雪問，誰都看得出來阿克煩惱的是另一件事。

「有什麼好擔心的？大不了我去跟別的房客借榔頭，把它的鎖心捶壞就好了。」阿克喃喃自語，毫不在意。

「你要捶壞愛的小手銬？」小雪驚訝。

「不然呢？當一輩子的連體嬰嗎？等到妳要洗澡、要上廁所時就知道慘了。」阿克淡淡地說，他昨天就這麼憋尿憋得很痛苦。

「不行。」小雪斬釘截鐵：「我不想嚇你，但用暴力打開愛的小手銬會招來厄運，上次有個人用電鋸鋸開手銬，結果隔天他就拉肚子拉到死。死，是真的死翹翹的那個死！」

「少來了。」阿克卻感到一股寒意，這隻妖怪真是深不可測。

「打開愛的小手銬只有兩種辦法，一種：是鑰匙；一種，則是愛的通關密語。」小雪說：「現在鑰匙沒了，只好說通關密語才能打開了。」

「說啊，我等著。」阿克感到很荒謬。

「要一起說才有效，而且要閉上眼睛。」小雪很認真，舉起手：「說，我們要一起幸福。」

太～～～幼稚了吧！阿克愣住。

「閉上眼睛喔，準備了？一、二、三！」小雪看著阿克。阿克無奈點頭。

「我們要一起幸福！」小雪與阿克一齊說道。

喀擦一聲，手銬真的解開。

阿克訝異地看著小雪，小雪神祕兮兮收好手銬。

「妳真的是妖怪！」阿克張大嘴巴。

「走吧！你說過手銬解開了，就一起去打棒球的！」小雪起身，笑嘻嘻的。

「我什麼時候說過的？」阿克努力回憶。

「說謊的人要吞下一千根針。」小雪拉起阿克的手：「上次我有個朋友說了謊，結果早上醒來嘴裡居然含了一大把針，差點沒噎死他。」

「那針是妳塞的吧。」阿克感到很恐怖。

三局下

3.6

新莊的棒球打擊練習場。

晚上快十點了，零零落落的揮擊聲，有的嘹亮清脆，有的沉悶低盪。

小雪戴著頭盔的樣子，好像更俏麗了？阿克心想，忍不住想起那鼻尖上的一吻。

那一吻真是快速絕倫。

但雖然有如閃電，阿克鼻尖上軟軟的觸感好像還存在著，而或許是因為吻在鼻子上的關係，小雪嘴唇的味道格外忘不了。

「幹嘛發呆啊？教教我怎麼打啊！」小雪看著一旁發呆的阿克，說：「在想剛剛那一個吻啊？」

阿克驚醒，這隻妖怪真不是蓋的，連讀心術都會了。

「妳初學，從最低的時速九十公里開始吧，要不然就算棒子矇中了球，球萬一打在靠近手的地方，手腕也會痛到快炸掉。」阿克說，指著對面的投球機：「慢慢來，看準了再打，大約每隔五秒就丟一顆給妳，也可以參考機器投臂收縮的時間。」

小雪點點頭，有模有樣地舉起球棒。

球啵一聲飛來，她卻嚇得立在一旁。

「放心，妳站得那麼遠，K不到妳的。」阿克站在鐵網後面挖鼻孔，心想：原來這隻妖怪也有害怕的東西啊？

啵，球又筆直飛來，但小雪慢了兩拍才揮出棒子。

「球都落地了還揮個屁，看準了再揮啊！」阿克彈出鼻屎，正中小雪的頭盔。

小雪氣呼呼地回頭瞪著阿克，一轉回頭，第三顆球又呼嘯而來。

不用說，又沒打中。

就這樣，二十顆球都投完了，小雪一顆球的邊都沒沾到。

「可惡！」小雪氣呼呼看著阿克。

「是，我是看不下去了。」阿克笑道，只要一聞到棒球的味道，他就覺得相當自在。

阿克走到時速一百四十公里的投球機前，拿起球棒，叫小雪躲在身後的鐵網。

「仔細看好了，揮棒沒有所謂真正正確的打擊姿勢，只要能擊出球，就是好姿勢，自己舒服就行了，王貞治的金雞獨立、漫畫裡的螃蟹橫行、小笠原道大的武士刀斬擊、鈴木一朗的鐘擺式打法，都行。」阿克說，投下代幣。

舉起棒子，晃晃脖子。

球噴來，簡潔有力的破空聲，快得連站在鐵網後面的小雪都感到一股颯然球威。

阿克直率一揮，球棒與球兒差了一個指頭的距離錯身而過，小雪大嘆可惜。

「然後啊，肩膀要放輕鬆，力氣才放得開。」阿克吐了一口氣，朝第二顆球揮去，姿勢很大，揮棒的力道自然很猛，卻與球兒再度擦身而過。

但阿克揮棒所颳起的風，卻讓小雪打了個冷顫。

心想，阿克的力氣好大。萬一揍起女人，一定超可怕。

「下巴縮進去，集中力會加強，兩隻腳打開一點，星爺在少林足球裡說得對，一句話，腰馬合一。」阿克身體下沉，朝第三顆球揮去，球與棒子擦撞出命運火花的時刻再度落空。

「如果不要揮那麼大力，說不定就打中了呢。」小雪在後面說道。

「或許吧，但那樣的揮棒一點魄力都沒有，所以沒有意義。」阿克又猛力揮棒，仍舊沒有擊中。

「沒有意義？」小雪不懂。

「是啊，用沒有賭上什麼東西的雙手抓緊棒子，力氣絕對不夠，力氣不夠就只能敲出安打，但安打這種東西啊……呵呵，就算敲出一百支安打也湊不出全壘打啊！」阿克用力一揮，又落空。

這次跟球的位置差得老遠。

「安打不夠好嗎？」小雪問。

「不夠，那樣的距離還不夠讓所有的人將脖子抬起來，彎到不能再彎，就只能看著球飛啊飛啊飛啊，直到飛出整個球場外。」阿克越說越興奮：「全壘打才是真正的無敵，所向披靡。妳知道邦茲在打破全壘打紀錄時，有多少人在球場外的湖邊划著小船、戴著手套，等著撈捕飆出球場的全壘打嗎！」

阿克這一說，還是沒有忘記掄起全身力氣揮棒，只是又吃下了一個K。

小雪感到很訝異，她以為阿克常常到打擊場練習揮棒，一定是個很強悍的打擊手，沒想到接下來的一分鐘裡阿克什麼球都沒真正揮到，只削中了好幾顆向後衝得老高的擦棒球。

「別著急，慢慢來。」小雪怕阿克難堪，反而安慰起阿克。

「我知道啊，我平常就是這個樣子，很厲害吧！才一輪就削到了擦棒，看來今天狀況不錯，熱身完畢！」阿克卻一臉得意，又投下了四個代幣。

此時，阿克與小雪的身後開始圍起一堆人。

那些都是剛剛在練習打擊的男人，有老有少，全都目不轉睛。

「阿克的秀要開始了。」阿克在打擊場任職的朋友笑笑。

第一球衝出，那速度帶起的俐落，讓小雪不由自主叫了出來。

阿克低喝一聲，卻沒有擊中。

但阿克的身體幾乎轉了一圈，好像力氣過剩似的。

「這小子如果再早一點來球場，圍觀的人肯定更多了。」一個胖子在後面說道：「這傢伙可怪了，他揮棒動作超大超笨超畸形的，好像要把球整個打碎，可是偏偏打擊率超低，那球可是職業級的一百四十公里啊，要是不小心敲中了棒子下緣，整個手腕都麻了。」

「我就因為這樣，手筋受傷，做了兩星期的電療。」一個瘦子同意。

這幾個陌生人因為阿克交談了起來。

其實時速一百四十公里的球，只要常常來練習打擊的人，最後都會有三成以上的命中率，甚至更高。要打得好很不容易，要沾著球打卻不難。

像阿克這樣老碰不到球，卻還豁盡全力將自己轉成陀螺的傢伙，卻是絕無僅有。

「可不是，不過我都很期待他揮出超級全壘打的樣子，這小子只要一擊中球心，幾乎就會命中球場網子上空的大銅鑼。」另一個男子嚼著口香糖：「不過有時候他得打上好幾輪才會敲中，力氣好像用不完似的。」

「白癡。」一個穿著洋基隊運動夾克的大學生說。

「低能。」站在大學生旁邊的高大男子附和。

但他們全都目不轉睛。

小雪與眾人就這麼看著，看著阿克揮了一輪又一輪，一球又一球地落空。

但阿克絲毫不氣餒，大汗淋漓後笑嘻嘻地脫掉上衣，赤裸著揮棒，汗水依稀甩到小雪的臉上。

「好感人。」小雪若有所思，摸著臉上溫燙的汗水。

也許，人生也該這麼面對吧。

不管來的是好球，是壞球，手都一定要抓緊棒子，用無畏的勇氣與球對決。

揮空幾次，都沒關係。

而且還要面帶笑容，像阿克那樣豪邁陽光的笑容。

「阿克加油！」小雪在保護網後面大叫。

「鏘！」阿克猛力揮棒，不偏不倚轟中球心。

球兒閃電般飛出，高高上去……高高上去……

球兒沒有撞上球場上空的護網，卻以美麗的弧線擊中懸掛在網子上頭的銅鑼。

站在強化玻璃後的眾人彷彿都聽見銅鑼清響的聲音，然後，打擊場內放出一段輕快的音樂，以及一段恭賀的錄製聲音。那銅鑼裝有感應器，只要玩客打中了難度超高的銅鑼，這段恭賀就會機械式放出，店家出面會致贈六十塊錢的代幣。

眾人嘖嘖稱奇，紛紛拍手叫好。

阿克滿足地吻著球棒，看著球兒掉下。

眾人鼓掌，卻也慢慢散開。他們知道這個執著的小鬼頭，秀今晚到此為止了。

「阿克，教我。」小雪接過棒子，握柄都是阿克掌心炙熱的體溫，心中很感動。

「喂，妳先從九十開始吧。」阿克穿上衣服，將球棒插回筒子，帶著小雪回到時速九十的投球機地區。

小雪舉起棒子，阿克小心翼翼幫小雪調整姿勢。

「妳是右撇子，所以右手握在左手上面棒子才抓得穩，肩膀放輕鬆，下巴縮進去，兩隻腳可以再打開一點、再低一點，把屁股勇敢翹出來，像恰恰一樣。最後，眼睛不要盯著球，要直視投手的眼睛。」阿克說，雙手放在小雪的手背上。

「為什麼？」小雪問。

「這不是妳跟球之間的對決，而是打者跟投手間的勝負。」阿克的呼吸吹到了小雪脖子上。

「可是，機器沒有眼睛。」小雪說，看著投球機蹦的一聲，球筆直從身邊掠過。

「機器沒有眼睛，就用幻想的，把機器想像成妳最喜歡的人、或是最討厭的人，總之，妳就是要與他對決。球來了！」阿克說，他的呼吸暖暖的。

小雪揮出，落空。

但她一點也不生氣了。因為阿克示範了最好的球品。

「慢慢來，比較快。」阿克說，退到網子後。

小雪咬著牙，一球又一球。

「我不會放棄的。」小雪擦擦眉毛上的汗珠，瞪著機器，想像那是邪惡的技安。

鏘！小雪手腕吃痛，差點將棒子脫手。

球兒叮叮咚咚滾出，阿克則興奮地大吼大叫，為昨天才認識的說謊妖怪打氣。

「好開心啊！」小雪學著阿克，在棒子上輕輕一吻。

最後那天晚上，小雪總共擊出二十多顆球，雖然二十多顆球有的是虛弱的滾地球，有的是大而不當的內野高飛，但小雪已經十分滿意。

儘管手腕疼得不得了，但她臉上的笑容說明了一切。

3.7

從棒球打擊練習場出來後，阿克與小雪坐在路邊喝著運動飲料。

兩個人都累斃了，尤其是小雪，直嚷肩膀跟腰都好痠。

「阿克，那邊騎樓有台夾娃娃機！」小雪指著一間昏暗雜貨店。

「喔？」阿克還沒反應過來，就被小雪拖去。

小雪指著裡面琳琅滿目的布玩偶，笑嘻嘻地說：「有個叫倉仔的大胖子教過我夾娃娃的祕訣，很靈的，我夾一個給你，你要哪一隻？」

阿克沉吟了一下，指著一隻綠色的猴子：「這隻綠猴子長得醜死了，把他夾出來教訓教訓！」

小雪同意，投了十塊硬幣進去，爪子在電子音樂聲中搖擺前進，小雪聚精會神地調整角度，好一會兒才按下抓起鈕。

「靠，真神！」阿克呆住，那爪子居然將綠猴子吊起，驚險地放進出口。

小雪被稱讚可是樂得很，拿起綠色猴子遞給阿克。

「挪，你要的。」小雪笑著，阿克也不多說就收下。

女孩子是不會喜歡這麼畸形的綠色猴子的，看起來就是一副傻不隆咚的蠢樣。

「我要這個，換你夾給我。」小雪指著裡頭，一個粉紅色的猴子。

「那隻有什麼好？粉紅色的猴子看起來就像仿冒的頑皮豹。」阿克不解，但還是投下十塊，抓起桿子。

「那隻看起來就像綠色猴子的女朋友啊！」小雪認真地說，開始指揮著阿克怎麼挪動爪子。

爪子落下，慢慢吊起粉紅色猴子，卻在出口處不幸先行墜落。

不等小雪開口，習慣「說謊妖怪時間」的阿克就先將新的十元銅板丟進機器裡。

「我知道我知道，我要是不夾到這隻假頑皮豹，妳這隻妖怪是不會讓我離開這台機器的是吧？」阿克聚精會神地操作爪子。

「阿克好聰明。」小雪滿意地點頭。

試了三次，靠著小雪的即時密技教學，阿克終於成功將粉紅色猴子抓起，千驚萬險地丟到出口裡。小雪似乎比阿克還要開心，一直蹦蹦跳跳、又拍手又尖叫的。

「挪，遊戲結束，別淘氣了。」阿克打了個呵欠，將粉紅色猴子遞給小雪，心中卻是不免得意。

這可是他第一次挑戰夾娃娃機成功，全拜小雪的指導所賜。

「謝謝阿克的猴子！」小雪立刻將粉紅猴子套在手機上，當作吊飾。

然後小雪拿出阿克的手機，將綠色猴子掛上去，滿意看著兩隻手機並排的樣子。

「我們什麼都是一對一對的。」小雪笑嘻嘻地說。

當然，那天晚上小雪又留在阿克住處過夜。

理由是？

「唉呦，誰叫你硬是拖我去打球，害我全身都是汗，臭死了。」小雪聞聞自己的衣服。

「我硬是拖妳？」阿克猛抓著頭。

「我前幾天住院，水電費忘記繳，所以我住的地方被斷水斷電啦！這下子只好勉為其難去你那邊洗澡，你該不會介意吧？」小雪看著阿克。

「小雪，妳真的不是妖怪嗎？」阿克看著小雪。

忍不住，又想起鼻子上的那一吻。

四局上

4.1

如果有人要製作一本世界名妖怪圖鑑，應該在說謊妖怪那頁的解說裡，放上「此妖怪肆虐後隔天早上，會離奇消失」類似的生動字眼。

隔天，小雪又像突然蒸發一樣，幾乎不留痕跡地消失。

阿克蓬頭垢面坐在地板上，看著褶疊完好的床舖，然後環顧四周，依舊沒有一張紙條。不告而別似乎真是她的習慣。

「額頭？」

阿克靈機一動，匆匆跑到浴室抓開額上的頭髮一看，果然有個用口紅畫成的愛心。

「我真是猜不透妳啊！小雪妖怪。」阿克失笑。

阿克一邊刷牙洗臉，一邊回憶昨晚在打擊場的一切。

小雪這隻妖怪雖然無厘頭了點，但她專注揮棒的樣子讓阿克對她的好感增加不少。

阿克伸展筋骨，穿上衣服，直到要出門時才發現放在房間角落的大趴趴熊，這才想起另一件天崩地裂的事。

「糟糕，今天又得跟文姿解釋了，我真是賠罪賠上癮了我。」阿克沮喪地抱起大熊，打開門，想想不對。

小雪今天該不會又突擊我了吧！這可能性接近百分之百！

「不行，我跟文姿之間禁不起再一次的誤會了，今天一定要告白，讓她知道我的心意，而且，今天就算睡在敦南誠品也不能回來，免得跟愛打棒球又愛幻想的妖怪糾纏不清。」阿克想想，於是在和式桌上留了張紙條，這才大步出門。

今天阿克與文姿照例做著問卷，只是場景從街頭挪移到其他的大賣場，針對駐足於冷氣機前的潛在消費者做結構式訪談。

阿克預期的、像火山爆發般的文姿卻沒有出現。

以下是阿克在腦中推演的對話劇本：

阿克：好了啦，其實妳也相信事情就是像我說的那樣，那隻妖怪唬爛我房東騙到鑰匙，當然就自己咚咚咚跑進去，我也防不了。

文姿：我相信，但那又怎麼樣？最後你還不是讓她又過了一夜？

阿克：可是她男朋友真的很兇，如果她被揍死了，好像……好像也不太好？

文姿：她是她，你是你，兩個前天才認識的人有什麼好互相關心的？

阿克：話不是這麼說……

文姿：算了，反正也不關我的事。

阿克：後來那個蛋糕呢？

文姿：丟了。

阿克：我再買一個好不好？

文姿：蛋糕可以重買，但生日可以這樣一直過一直過過不停的嗎？

阿克：（傻笑）其實我並不是很介意。

文姿：（大怒）我介意。

但文姿一反常態，沒有半點「生氣的樣子」，說話比以前輕柔了好幾倍，也完全不提昨夜撞見小雪的事，這讓阿克心裡毛骨悚然。沒有「生氣的樣子」，代表氣全部悶在肚子裡，其結果只會越悶越火，這是第一個可能。

另一個可能是文姿沒有生氣，比起生悶氣，卻又更糟糕了。

阿克一想到這個可能，就想到了他的戀愛顧問。

「店長，事情就是我說的那樣，百分之百是個大誤會！但文姿都不跟我生氣，還有說有笑的，難道說，她是一點也不喜歡我，所以撞見其他女孩子在我房間裡也無所謂嗎？」阿克捧著手機，蹲在賣場角落與店長討論。

「我想應該是氣到不行了吧？她如果只當你是普通朋友，昨天就不該看見那個叫小雪的女孩就立刻轉身落跑啊，又如果只是把你當普通朋友，正常人的話，今天見面也會虧你：『咦！昨天那個女孩子是誰？』你說是不是？笨蛋。」店長慵懶地說著。

有道理。

「那我該怎麼辦？都已經晚上八點了，文姿忍了一天，爆發起來一定很恐怖。」阿克擦著額上的冷汗，突然看見文姿走過來，急忙掛掉電話。

文姿溫柔地看著阿克，卻也沒說什麼，手裡的問卷好像快做完了。

「文姿，我……」阿克侷促地站起。

「跟女朋友聊天聊完了，別忘了還有問卷要做喔。」文姿和顏悅色地說，阿克的頭皮發麻。

「昨天晚上那個女的並不是我女朋友。」阿克整個人都快燒起來了，他從沒想過說真話也會有這麼難啟齒的時刻。

「喔?這種事你跟我說做什麼?」文姿笑笑，笑得阿克簡直不敢看她的眼睛。

「那個女生就是我說的那個奇怪的女生，叫小雪，我們連普通朋友都稱不上，她不知道把哪根筋當給第八號當舖了，所以人變得很古怪，昨天她騙我的房東……」阿克鼓起勇氣卯起來解釋。

「我說了，這些事你自己知道就好了，跟我說做什麼?」文姿淡淡看著阿克，眼神從溫柔變得冷漠，那冷漠將阿克亟欲解釋的熱力急速冷卻。

阿克啞口無言，低著頭，看著自己的鞋子。

文姿的心裡想的卻完全是另一回事。

經兩天心情摔到谷底的感觸，文姿總算承認自己喜歡著阿克，很喜歡，很喜歡。

職場裡的每個人都兢兢業業地，為不斷升職、加薪不擇手段，踩著同事的頭往上爬，整天碎唸著謠言，構陷別人，爭搶業績，為的就是證明自己高人一等，所以應該是自己踩著別人的頭而不是反過來。矛盾的是，文姿討厭這種人，卻無法阻止自己成為這種人之間的佼佼者，所以文姿進入賣場才兩年，就從最小的門市解說員快速晉升成行銷企劃，有時回想起自己是如何爭取到這些工作機會，文姿甚至會厭惡起自己。

但阿克不同，他似乎無意與任何人競爭，他看似沒有明確的人生目標，其實，他只是不將人生目標放在煩瑣的工作上頭。人生是人生，工作是工作，阿克上班的時候總是笑嘻嘻的，被文姿責罵時更是未曾反駁。

工作累了，文姿很喜歡找阿克聊些有的沒的，因為整個賣場裡，就只有阿克沒有稜角，也只有阿克從沒將她身上的稜角當一回事。

「我跟妳說這些事，其實，嗯……」阿克感到呼吸困難。

「其實什麼？」文姿淡淡回應。

她就是無法說服自己卸下武裝，即使她仍舊完全相信阿克所說的每一個字。

誤會？既然是誤會那就沒什麼大不了的。

蛋糕？再買就有的東西何必可惜。

文姿看著阿克，期待阿克在受迫的情緒裡，能拿出鬥志，對自己勇敢告白。

阿克終於抬起頭，深深吸了一口氣。

「大家都說，妳是一隻刺蝟，我……我仔細想了想，好像也是這樣。不過……」阿克有些結巴，居然有越講越糟的趨勢。

「不過什麼？」文姿不明白，但也沒生氣。

「不過，店長說我的個性就像大烏龜。烏龜有殼，不怕刺蝟，所以我在想，如果有可能，是不是……」阿克一直流汗，眉毛上的汗水都快將他的眼睛刺得睜不開。

文姿也感到緊張，昨天在樓梯口的緊張情緒又出現了。

突然，文姿的手機鈴響，突兀地中斷兩人的戀愛未來式。

「喂？」文姿倉促地拿起電話，是孟學邀約晚餐的電話。

阿克軟倒在地。百分之百的緊繃後，整個人頓時虛脫了。

文姿一邊試著拒絕孟學的邀請，一邊看著阿克。他這副筋疲力盡的模樣，文姿有些心疼，卻也鬆了一口氣。

慢慢來吧，我們之間的機會還多著呢。

「就這樣了，我今天很累想直接回家睡覺，你找別人去吃吧，公司新進了兩個女門市，都很漂亮，不妨考慮看看？掰。」文姿掛上電話，阿克立刻慌張地站起，不知該不該繼續剛剛的對話。

「阿克，今天公司發薪水。」文姿若有所思地看著阿克，阿克點點頭。

「好像是，終於又撐過一個月了。」阿克就僅僅是點點頭。

「我肚子餓了，那你的肚子有沒有別的意見？」文姿淡淡地說。

「別的意見？」阿克傻住摸著肚子，是餓了沒錯，而且從一個小時前就很餓了。

「打電話給你的店長吧，請他指導你該怎麼聆聽女人說話。」文姿沒好氣說道。

阿克也不廢話，立刻別過頭去打電話，與店長小聲商討起來，半分鐘後，阿克一臉恍然大悟地掛掉手機，看著叉腰甩頭的文姿。

「文姿！今天公司發薪水，妳肚子餓了我的肚子也是，不如就讓我請妳吃頓晚飯吧！」阿克照本宣科唸著，唸到自己都覺得自己實在笨得要死。

「好啊，那你要請我吃什麼？」文姿也想笑，卻依舊板著張臉。

這笨槌子，完全沒有戀愛的天分。

「我最近發現有一間賣咖啡的黑店，黑是黑，不過挺好玩，帶妳去吃看看！」阿克想起了，那一個形式特異、置顧客喜好於不顧的拉子服務生。

4.2

等一個人咖啡店。

阿不思，傳說中最性格的拉子，號稱能調理無數咖啡卻不喝咖啡的服務生。

此刻的阿不思正冷淡地站在文姿與阿克的桌旁。

「我要焗烤牛肉飯跟一杯香草拿鐵，咖啡餐後上，謝謝。」文姿闔上菜單。

「我要青醬蛤蠣麵，跟……跟一杯『真命天子』咖啡特調！也是餐後上！」阿克興沖沖說道。

阿不思收走菜單，一句謝謝或請稍等都沒留下就回到櫃台了。

「蠻性格的服務生。」文姿說。

「可不是。」阿克吐吐舌頭，上次阿不思的任性讓他荷包大失血，惡夢一場。

兩人似乎很久沒有找間店好好坐下來吃頓飯聊一聊了，但阿克不會忘記文姿最喜歡聊的話題——旅行。於是阿克說起自己最近在雜誌上研究的德國黑森林之行與奧地利古典樂訪聖之旅，文姿也開心地說起在報紙上的法國旅遊專題，眉飛色舞的。

文姿熱衷討論旅行，卻不熱衷實踐旅行，因為她總覺得享樂是一種時間的浪費，如果將時間通通用在所謂的正事上，將來能夠拿來享樂的時間只會更多。至於現在嘛，偶爾能在腦子裡憑空旅行一番，就已經是莫大的快樂了。

阿克當然不覺得旅行是浪費時間，但他並不想反駁文姿，他只是默默計畫著旅行，半年前阿克籌辦了公司的員工東北角之旅，讓文姿觸摸到久違的海水，三個月前阿克籌辦了員工花東之旅，讓文姿呼吸全台灣最新鮮的空氣。

一次比一次遠，總有一天，阿克希望能將文姿帶到她最想去的歐洲大陸上。

「阿克，那你最想要去的地方是哪裡？」文姿吃著飯，好奇。

「我啊？如果歐洲不算的話，我最想去的地方是非洲吧。」阿克放下叉子。

「為什麼是非洲啊？」文姿訝異，那不熱死了。

「非洲什麼東西都是一望無際的，抬起頭，一望無際的天空；舉起球棒，一望無際的草原，如果可以在那種地方跟藍迪強森時速一百六十公里的球對決就好了，超豪邁的，可惜我猜藍迪強森不會跑去那裡。」阿克胡思亂想著。

「這一點，你跟我一個朋友很像。」

阿不思不曉得什麼時候站在旁邊，將兩杯咖啡放在阿克與文姿面前。

「小姐，妳的香草拿鐵。」

文姿嚐了一口，點點頭，很香很細密的口感。

「喂，你的咖啡。」

「喂?最起碼妳也可以叫我先生吧!」阿克感到好笑，但看到咖啡後他就一點都不覺得好笑了。

寬口馬克杯上，深黑色的熱咖啡上漂浮著一粒逐漸結塊的蛋黃，蛋黃的邊邊還有許多蛋殼碎屑。顯然阿不思是故意這麼瞎幹的。

「喂!等等!這不是上次小雪叫的真命天子特調吧?」阿克抗議，及時拉住想轉身回頭的阿不思。

「誰跟你說是了?這是風流混蛋特調，專給風流混蛋的。」阿不思酷酷地說。

阿克呆住，完全無法進入狀況。

類比於科幻小說教父愛西莫夫創造的機械人三公約，傳說中服務生也有三大法則要遵守：顧客至上、顧客說的永遠都是對的、顧客是衣食父母，這三大法則似乎都無法在這個服務生身上找到。

「那……那我的真命天子呢?」阿克試圖溝通。

「溝通無效。」阿不思搖搖手指，那動作阿克依稀見過，但就是一時想不起來。

「從來沒有一個男生敢在我阿不思面前腳踏兩條船，既然膽敢做了，就要接受我阿不思溫柔的正義。」阿不思正經八百地說，文姿噗哧笑了出來，阿克狼狽透了。

阿不思轉身回到櫃台。

「可惡！那是NBA火鍋之神穆湯波每次蓋對方火鍋後比的手勢對不對！妳學他的對不對！對不對！」阿克抓狂朝櫃台喊道。

「喝不完，罰五百。」阿不思冷淡說道。

坐在阿克對面的文姿笑到肚子痛。

她很久都沒這麼笑過了，只有在阿克身邊她才能如此放鬆，也許就像阿克說的那樣，一個是刺蝟，一個是烏龜。

刺蝟只有在與烏龜擁抱的時候才不須擔心傷害對方。

至於告白？

「阿克，這次冷氣的事要是忙完的話，我們計畫一下去哪裡玩吧？」文姿說這句話的時候，將咖啡杯舉了起來，遮住自己半紅的臉。

「好啊！近一點的可以去墾丁來個陽光沙灘加知本溫泉之旅，如果可以拗到更多假的話，還可以去北海道、曼谷、普吉島、印尼，或是香港澳門都行！」阿克這次完全來不及害羞，就劈哩啪啦說了一堆，畢竟旅遊他已準備很久，也有很多想法。

「那就這麼說定囉。」文姿笑笑。

阿克猛點頭，三兩下就將味道混蛋加三級都不足以形容的怪咖啡給解決了，還笑得跟傻瓜似的。

旅行是最好的春藥、戀愛最需要的興奮劑。店長諄諄教誨一直深刻在阿克心中。

四局下

4.3

吃完飯，阿克送文姿坐公車後，自己才搭捷運回家。

從板南線的市政府站到木柵線的麟光站之間共有七站，阿克在這半個小時裡，腦中只有地圖跟旅行計畫，還有一張張雜誌上美不勝收的風景相片。

「普吉島？就普吉島吧！」阿克胡思亂想著，開心地用跑百米的衝勁一路奔上五樓，打開門，這才想起自己的生命已經闖進另一個女孩。

阿克留在和式桌上的紙條上被畫了一個大叉。

「阿克壞蛋！」阿克蹲著，唸著紙條。

紙條上，一顆阿福扭蛋壓著，看來這隻會讀心術的妖怪今天過得不大順。

阿克聳聳肩，幸好今天晚回來了，才讓妖怪撲了個空。

阿克打開電視，將即時新聞的聲音轉大，一邊洗澡。

「記者目前在林森北路的某郵筒前，為您持續報導近一年來橫行台北地區的郵筒怪客消息，郵筒怪客在一個多月前銷聲匿跡後，今天晚上又再度犯案，從鏡頭可以看見郵筒呈現半焦黑的狀態，雖然消防人員緊急灌水搶救，但裡面的信件仍付之一炬，警方表示無法判斷是否是同一人所為，或是經過模仿的犯行，警方正試圖調閱附近便利商店與社區監視器觀察是否有可疑人士……」

阿克沖掉頭髮上的泡沫，心裡暗暗覺得好笑。

這個被媒體冠以「郵筒怪客」的大傻蛋他已經注意很久了，與其深究這個怪客燒掉郵筒裡的信件所犯下的公共危險罪，不如想想怪客之所以燒掉信件的種種可能理由。

阿克猜想過，郵筒怪客是一個成績欠佳的中學生，每次學校寄發成績單，怪客就會想辦法燒掉，免得屁股被父母打得開花。但這個可能性已經被阿克自己與警方推翻，因為怪客所燒的郵筒沒有一定的路線，如果是想毀掉成績單，也總該鎖定鄰近特定學校的郵筒吧。

又或者往更酷的層次去想，這位郵筒怪客是某種主義或某種特殊哲學思想的奉行者，例如「這世界充滿太多謊言，所以乾脆通通燒掉算了」的意識形態，並且努力地實踐著。

或是與長庚溜鳥俠一樣，郵筒怪客說不定只是打賭賭輸了，所以才常常暴走燒郵筒。無論是哪一個，比起只會打嘴砲的政客，這位郵筒怪客令人尊敬多了。

不管怎麼猜測，這個郵筒怪客燒信件的真正理由一定更有趣吧？至少警察從燒信件的時間與地點上，根本無法研判兇手的年齡、動機，或地緣關係，說不定這個郵筒怪客只是快閃族那種後現代無厘頭主義的奉行者，他的動機就是不需要動機，甚至無所謂奉不奉行，只是純粹的即興作樂？

無論如何，阿克自己是不討厭這位舉動KUSO的怪客。還記得去年底，快過聖誕節時，郵筒怪客一夜之間連續燒掉五個郵筒，造成許多卡片變成焦炭的節慶悲劇，成了大轟動的新聞。阿克更是笑倒在電視前，直嚷著以後若情人節快到了，每個郵筒都要派一個警察二十四小時站崗保護吧，免得許多甜言蜜語、告白情書燒得一塌糊塗，郵局被憤怒的情侶狂砸雞蛋。

阿克圍著毛巾走出浴室，蹲在電視機前，看著新聞現場裡幾個警察圍著燒焦的郵筒發愣，「一個月沒燒郵筒了，今天又突然暴走，難道又是什麼節日接近了？」忍不住又大笑了起來。

突然，小雪的聲音突然鑽進阿克的耳朵裡，令阿克全身觸電般跳起。

「阿克，在錄這段語音鈴聲時，我突然想到一個問題，星爺那部齊天大聖東遊記裡，紫霞仙子說過，誰可以拔出她的寶劍就是她的真命天子，阿克，我們之間的那把寶劍是什麼呢？」

「蝦小！」阿克大驚，這的確是小雪的聲音沒錯，而且還是從自己的手機裡發出來的。

阿克愣住，拿起手機，那段語音鈴聲還在重複什麼寶劍什麼紫霞的，來電顯示則是小雪大妖怪的可愛自拍。

「喂？小雪？」阿克茫然蹲下，按下通話鍵。

「阿克，我心情不好。」小雪的聲音，好像在哭。

「聽得出來，妳在哭嗎？男朋友還是揍了妳？」阿克搔頭。

「不是，是因為你。」小雪哭著。

「是因為我沒待在房間裡嗎？啊哈！果然如此！」阿克覺得好笑，坐在地上擦頭髮：「我跟妳說，小雪，我有喜歡的人啦！妳也知道，既然我們是好朋友就要有好朋友應該有的結界，我們可以常常去打擊場流汗，偶爾吃個飯也沒關係，就是不行天天睡在一間房，這樣會讓人誤會的，了不了？」

「你真的很壞，真的在躲我！」小雪哭著。

「唉唉唉！還有啊！手機鈴聲是怎麼回事？我差點被妳錄的鈴聲嚇死。」阿克跪在床上，打開窗戶。

突然，門把鏗鏗轉動，門打開。

「誰！」阿克嚇得差點摔出窗戶。

「手機鈴聲當然是我偷偷錄的啊！」小雪站在門口，滿臉都是眼淚。

阿克簡直被五雷轟頂。

妖怪，真的是妖怪！

4.4

「所以，那個叫小雪的妖怪昨天、前天，跟大前天都還是住你那邊？」

店長跟阿克坐在店門口吃著早餐，阿克一臉無奈，看著吃到一半的三明治。

自從那天與文姿到等一個人咖啡吃過晚飯後，小雪好幾個晚上都藉故跑來找阿克，什麼男友在她家門口噴漆恐嚇、或是她睡到一半聽見浴室馬桶自己沖水的聲音懷疑有鬼、或是她懷疑櫃子裡有不懷好意的精靈等，總之就是哀求過夜。

阿克能怎麼辦？

並非一味怯懦的他當然是再三拒絕了，但小雪總是有辦法黏在房間裡找話題黏著不走，直到阿克神經衰弱、無奈放棄為止，要不就是拉著阿克到打擊場練習揮棒，然後又說自己住的地方停水、要到阿克房裡洗澡。

簡直就是同居了吧？在路上撿到一個奇怪的美少女回家做神祕的研究，這不是日本A片最常看見的情節嗎?這不是中年痴漢每日殷殷期盼的色情樂透嗎?但阿克只有提心吊膽的份,深怕文姿哪一天突然拎著宵夜來敲自己的門,將已經淹到膝蓋的誤會積得更深。

到另一個男孩家住了這麼多天,小雪自也帶了幾件換洗衣褲跟自己的牙刷毛巾,但小雪還是很喜歡穿阿克的衣服睡覺。

「妳自己不是有帶衣服?」阿克躺在地板上。

阿克將臉埋進枕頭裡,免得看見小雪妖怪的激凸。

「那些衣服又不是睡衣,阿克的衣服大大鬆鬆的,穿起來很舒服啊。」小雪坐在窗戶前,觸摸著略帶涼意的晚風。她身上的衣服是阿克中學時期的班服。

「很晚了,快睡吧!別忘了妳自己也要到水族店打工啊!」阿克睏得要死。

「說到水族店,阿克,你將這條病魚養得很好啊!看牠尾巴擺動的樣子就知道快好起來了,你很在意我說。」

「生病不就是這麼一回事嗎?只要餵牠東西吃,肚子飽了什麼病都會好起來。我媽就是這樣,以前我感冒生病,我媽就煮一大堆東西塞給我吃,我只要肚子吃撐了,燒就咻咻咻退了。」

阿克的臉還是埋在枕頭裡。

「好笨的體質。」小雪認真說道。

「真不好意思啊。」阿克沒好氣。

「對了阿克，陳金鋒跟彭政閔哪一個比較厲害啊？」小雪問，似乎還不想睡。

「Ichiro，鈴木一朗比較厲害啦！」阿克的頭開始痛了。

「鈴木一朗是誰？對對對！你上次跟我說過，他是美國西雅圖水手隊的安打王，又帥又會打球，據說快破了大聯盟的單季安打紀錄。」小雪自問自答。

「對對對，破了破了。」阿克真希望立刻睡著。

「阿克？」小雪突然爬下床，推了推阿克。

「衝蝦小？」阿克實在不想睜開眼睛，白天跟文姿到處做問卷實在很累。

「我喜歡跟你說話。」小雪笑嘻嘻的。

「嗯。」阿克的臉還是埋在枕頭裡，但手指卻高高豎起大拇指，表示「知道了」。

「我們真的在一起好不好？」小雪又推了阿克一下。

「不好意思我有喜歡的人了。」阿克毫不留情地說，豎起食指打叉。

「我看過有句話說，戀愛是一種，兩個人在一起快樂可以加倍，憂傷卻可以減半的好東西，如果我們可以在一起就好了，立刻就可以變得很快樂，有什麼不好？」

「沒什麼不好啊！但就跟妳說我已經有喜歡的人了，要快樂加倍也是跟她一起加倍，要把憂傷對半也是跟她一塊平分。」阿克困倦至極：「打住了，不跟妳聊了，妳剛剛跟我去打了兩百多球，妳是鐵金剛啊？都不會想睡覺？」

「我才想問你，你怎麼捨得睡覺？」小雪嘻嘻。

阿克翻身而起，從抽屜裡拿出一把手電筒照著小雪。

「幹嘛？照得人家好羞。」小雪臉紅。

「羞個屁啦，我是想確定一下妳到底有沒有影子。」阿克切掉手電筒，倒下又睡。

就是這樣。

每天晚上小雪都纏著阿克聊天到天亮，從阿克最喜歡聊的職棒話題到阿克覺得沒什麼好提的童年趣事，小雪都一個勁的瞎纏，有時阿克甚至連自己是怎麼睡著的都記不起來。

但每次醒來，小雪就消失了。

好像一切都沒真正發生過。

4.5

「是啊，幸好沒再發生文姿誤會我的那種意外了，不過事情繼續演變下去的話，我也不知道該怎麼收尾，那隻妖怪就快變成地縛靈了。」阿克咬著三明治。

「如果真那麼苦惱，今天晚上乾脆來住我那邊吧？我男友這幾天出差，我們可以偷情。你該試試男人的，說不定會開發出你的無限潛力。」店長說，眉毛抖動。

「多謝，不過我跟文姿做的市調明天就要跟企劃部報告了，所以文姿跟我今天晚上要熬夜做統計分析。」阿克得意地說著：「在文姿家。」

此時，孟學的跑車慢慢停在店門口。

「早啊孟學。」店長笑笑，阿克連忙起身。

孟學神色冷淡地看著坐在門口階梯的兩人，將車門關上。

「我知道還沒到上班時間，不過，工蜂就該比其他昆蟲勤奮不是？」孟學拋下這一句，腳步不停進了賣場。

真是個討厭的人啊！如果他也喜歡文姿的話，那我一定不能輸給他。阿克心想。

「孟學早就感覺到你對他的威脅性呢。」店長看著孟學的背影小聲地說。

「其實他既然條件這麼好，幹嘛不去追什麼社交名媛、包養小明星的？」阿克問。

「文姿不比那些社交名媛嗎？」店長笑。

「你知道我不是那個意思。」阿克。

「其實孟學進賣場的時間比我晚了半年，他一進來，賣場所有人就知道他是賣場上頭通路商大股東的獨生子，從那時起我就很好奇他這個品管經理到底是幹真的還是幹假的？沒想到他一待就是三年，人雖然冷淡又屁得要命，但工作倒是做得很務實。」店長說，喝著豆漿。

「就是連續劇裡在演的，一直想跟家裡撇清關係的那種公子哥兒嘛！一副家裡太有錢導致不快樂的臉，所以想自己出來闖一闖證明自己也有本事。」阿克下了註解。

「或許吧，所以人家如果戀愛輸給你這種低賤的庶民、工蜂、苦力，自尊心受傷的程度可是不輕啊，小心他叫你滾蛋。」店長好心提醒阿克。

「我倒是覺得他如果真有自尊心，就不至於叫我滾蛋啦！但我還是期望他早點去集團核心當總經理還是什麼，別老是賴在這個小地方整天擺一張臭臉給大家看。」阿克說，伸了個懶腰。

「撇開他的身分不說，孟學的績效早就該升調去總公司了，一直賴在這個小地方，十之八九是跟文姿有關。」店長莞爾：「別以為人家公子哥兒不懂為愛奉獻。」

阿克不置可否。

他必須承認，雖然他個性一向與競爭無緣，但他在學歷好、工作能力佳的孟學面前，還是不免自覺矮了他一截。

下午，阿克與文姿到大學附近的電器行做非結構式訪談的時候，滿腦子想的，都是晚上要到文姿家跑統計，說不定氣氛好，自己能有勇氣跟文姿表露什麼，這樣就能規劃更親密的旅行了。

阿克並非魯鈍，他知道雖然文姿看起來並非不曉得自己的心意。

但對女人來說，只有曖昧的情緒往往是不夠的，把握該鼓起勇氣的關鍵時間，才能將兩人之間的關係往前更進一步。

143 **愛情**

兩好三壞。

五局上

5.1

「阿克，晚上想吃點什麼？」文姿問，坐在路邊將問卷整理好。

「不知道，妳想去上次那間黑店嗎？還是……還是買去妳那邊吃？」阿克有些緊張，即使要去文姿家熬夜跑統計做簡報這件事昨天就已經知道了。

「買去我那邊吃好了，邊吃邊討論要怎麼做簡報。」文姿看著前方的便利商店，又說：「吃火鍋好嗎？有時候肚子餓了我會想弄個火鍋來吃，但一個人吃火鍋反而會覺得自己很寂寞，所以就改吃別的東西。」

「好啊！吃火鍋就是要熱鬧一點。」阿克很高興。

半個小時後，兩個人提著一堆火鍋料，搭著捷運來到文姿家。

文姿家的模樣，跟文姿在公司的形象差距不少。

拼布做成的手工桌墊，貝殼串成的浴簾吊飾，溫暖色系的小巧擺設，每一個抽屜都有屬於自己的布把，連夾在木板上的吊燈都貼著小貼紙，拖鞋是毛茸茸的熊腳拖，還有五、六個大布偶將床佔了一半。

「怎麼?很奇怪嗎?」文姿將拿出的電磁爐放在地板的小桌上，語氣有點不好意思。

「以前我偶爾會送妳到樓下，從來就沒上來過。」阿克搔搔頭，實話實說：「我以前都以為，妳的房間會是設計雜誌裡那種很簡約俐落的風格，沒想到卻是百分之百、女孩味十足的『家』。」

「失望嗎?」文姿感到些許緊張。

「剛好相反。」阿克笑笑，東張西望著。

女孩子的房間有股淡淡的香氣，若是閉上眼睛深深一吸，說不定會發覺那味道是粉紅色的，很舒服。

「白開水?冰咖啡?可樂?柳橙汁?」文姿跪著，打開小冰箱。

「既然要熬夜的話，冰咖啡吧。」阿克說。

「健康的話，柳橙汁吧。」文姿拿出一大瓶柳橙汁，找著杯子。

「嗯，有心栽花花柳病，無心插柳柳橙汁。」阿克說，想起網路上的詼諧笑語。

文姿拿出兩個馬克杯，遞了一個給阿克。

「不介意用我的杯子吧，我這裡幾乎都是我一個人，所以沒有買客人用的紙杯，乾淨的，將就一下囉！」文姿歉然，將柳橙汁倒下。

怎麼可能介意？阿克心中笑得可開懷了。

文姿將高湯與蔬菜先倒進鍋水裡，阿克依舊好奇地東張西望，好不容易在文姿的床頭上發現大家一起去花東玩的大合照，那是自己在文姿房裡的存在證明。

「花東行很好玩吧，可惜最後兩天遇到颱風，不能坐船衝到綠島去。」阿克說。

「是啊，好久沒旅行了，要記得我們的約定啊！」文姿提醒。阿克聽了，只能竭力壓抑內心的喜悅。

文姿打開筆記型電腦，一邊等著湯水煮沸，一邊與阿克討論著冷氣銷售專案的擬定邏輯，阿克絞盡腦汁地應對，深怕在文姿面前表現得不好，並將這幾天自己觀察出的現象在紙上畫了個簡單的表，文姿拿筆在上頭刪刪減減，不時點頭。

「我們這次超額進貨的冷氣主要以功率小的窗型冷氣為主，這部分的客戶群有百分之七十二是小家庭，但這些小家庭在二次換機時有百分之八十五會選擇分離式冷氣，所以換機市場並不是窗型冷氣的主打。」文姿看著電腦裡的統計大餅圖。

「嗯。」阿克靠在文姿身旁。

「這幾天我們發現有許多在外租屋的學生選購窗型冷氣的比例遠高於分離式冷氣，決定性因素是價格、拆卸較分離式機種方便，如果我們能提供學生族群以分期的方式購買便宜、功率坪數小的機種，將會有效帶動買氣，這是最基本的想法。」文姿說。

「妳剛剛提到拆卸比較方便是學生選窗型的理由之一，所以我在想，如果將分期的做法配套一年內至少以三成價保證回收，那些短暫租屋在外的學生購買的機會就更大了，回收後我們再以合理價格轉售下游中古電器行平衡成本。」阿克想了想。

「好想法！這幾天我自己先將幾個問卷變項做了點整理，你看這張表，會對冷氣搬運問題感到困擾的女生是男生的四倍。在外租屋的學生購買冷氣，常常會擔心將來要搬走了，冷氣拆下來帶走很麻煩，搬起來又重又累，偏偏最熱的房間，都是位於日曬最嚴重的最高頂樓，一定需要冷氣，搬運起來卻是最累人的樓層。但冷氣不拆走又便宜了房東，如果在網路上轉賣，又會面臨價格偏低、寧願自己留下來用的窘境，如果要轉賣，仍舊要自己拆卸搬運，問題沒變。」文姿回想著這幾天訪談時學生族群給的意見。

「所以再加一項一年內回收時，工人免費到府拆卸，會不會更好？」阿克搔頭。

「嗯，就是這樣。」文姿笑著，做了筆記。

「不過我擔心回收時轉賣的價格會不會讓我們賠到錢？」阿克皺眉。

「所以要先跟中古電器行擬定承接價跟承接量的合約，況且三成價回收只是個噱頭，真的會在一年內通知我們回收冷氣的案件應該不會超過四成。」文姿倒是很有自信。

5.2

兩人繼續討論著比較其他的分離式冷氣方案，雖然水已經滾開，但文姿只是將電磁爐暫時關掉，專注與阿克翻閱著資料，一邊code進問卷答題的原始資料，一邊思考著消費者選擇的關鍵所在。

時間一分一秒過去，居然已超過十一點半。

「對不起，我一忙起工作就是這個樣子，你會餓嗎？如果不會，我們再十五分鐘就開動，好不好？」文姿雙掌合十，吐吐舌頭。

這表情或許是阿克見過，文姿最可愛的一刻吧！

「沒問題，我一點都不餓。」阿克說，肚子卻發出無法說謊的咕嚕咕嚕聲。

文姿笑了出來，阿克像是說謊被抓到，不好意思地搔著頭。

「阿克，你是個簡單的人，不適合想複雜的事。」文姿將電磁爐的開關按下，用最大火力煮著已涼掉的湯。

阿克臉紅，文姿笑著打量著他。

「對了，平時你好像不怎麼會動腦筋，剛剛你就說得很好啊！要不明天的簡報就你上場，我在下面幫你換投影片。」文姿建議。

「不了，我知道自己的極限在哪，從小到大只要我一上講台腦袋就當機了，說什麼都吞吞吐吐的。」阿克認真地說：「還是妳去報告得好，妳台風穩健，說話又很有條理。」

「你就是不積極。」文姿故意這麼說，阿克整個臉都紅了。

水滾了，兩人將火鍋料倒了一半下去，文姿還打了個蛋在裡頭。

「以前住在學校宿舍時，大家最喜歡打一圈麻將後，再吃滿滿一桶火鍋當宵夜了，那時一堆臭男生只穿條四角褲擠在一塊，大家不管吃什麼都搶，胃口好得很。」阿克摩拳擦掌，準備大快朵頤一番。

「是啊！火鍋一堆人圍著吃最幸福了。以前我家裡總是很冷清，爸常常不在家，想吃火鍋都沒氣氛，就連過年也常常只有我跟我媽兩個人。」文姿幽幽看著鍋水上漂浮的食料。

阿克記得文姿提過她的父親忙著賺錢冷落了家庭，事業有成了卻在大陸包二奶，而文姿母親因為沒有外出工作過，害怕失去丈夫後無力面對社會競爭，所以默默忍受著一切，離婚是想也不敢想。

文姿會在工作上力求表現，多半也跟這樣的成長經驗環扣著吧。

「兩個人……兩個人吃也挺好……」阿克深呼吸。

文姿抬起頭，頗有期待看著阿克。

如果是他，應該能給自己幸福吧？文姿心想。

「如果妳不嫌棄，以後，只要妳想吃火鍋的話，不管多晚，不管我是不是已經吃飽，我都會……我都會立刻趕過來，因為……因為我……」阿克支支吾吾，他說話的節奏完全被劇烈的心跳聲干擾著。

文姿端詳著阿克。

在她人生最甜美的時刻，她要好好看著這大男孩，記住他說出那充滿魔法的句子。

距離愛情，只剩下三個字。

只剩下一次深呼吸的勇氣。

5.3

「因為我——」

突然，文姿與阿克的手機竟然同時鈴響。

文姿的手機發出布穀鳥鐘擺的叫聲。阿克的手機鈴聲，則是——

「阿克，在錄這段語音鈴聲時，我突然想到一個問題，星爺那部齊天……」

阿克大驚，趕緊按掉通訊並關掉手機。

原來這隻每天黏在自己房間裡的妖怪，不僅會讀心術，而且操縱距離無限、持續力A，替身能力是專門在關鍵時刻毀掉一切！

文姿瞪著阿克，拿起手機。

「喂？孟學？這麼晚了有什麼事嗎？」文姿說，阿克不安地豎起耳朵。

「妳今天一定在熬夜做簡報吧？我剛剛買了一些滷味，想問妳肚子餓不餓？」電話另一頭的孟學說。

「我不餓，而且，我們的關係也不到你可以來我房間吃宵夜的程度。」文姿說。

一旁的阿克立刻精神百倍，這句提示的打氣作用太驚人了。

「我大學的統計分數是全系最高，我想應該可以幫得上忙，我還帶了SPSS跟SAS的光碟，這兩個軟體我到現在都還很熟。」孟學自信地說著：「而且，我想見妳。」

「不用了，我用Excel簡單做一做就行了，最重要的是專案的結論，而不是統計的精準度。」文姿的口氣很冷淡。

「說得也對，哈！在妳面前，我的自信好像是多餘的垃圾。」孟學並不介意，好像還挺享受這樣的對話。

突然，門鈴響了。

阿克與文姿不約而同看著彼此，又看了看門。

「是的，門外是我。」孟學爽朗的聲音。

「這麼晚了，我一個女生，不方便吧！」文姿說，但心裡卻開始慌亂。

這位賣場大股東的獨生子，是文姿最不想有任何瓜葛的對象。

雖然文姿很清楚孟學喜歡著自己，但她可沒意思攀龍附鳳，就跟孟學極力想撇清自己的家世一樣。然而文姿雖不喜歡他，但也絕不會想得罪他，平添自己在職場的麻煩。

「妳說的也對，那我在門外站崗一整夜好了，免得有壞人進來。」孟學的聲音幾乎透過門板。

文姿傻住，阿克卻當機立斷將自己的背包拿起，躡手躡腳走到陽台外。

「對不起，委屈你一下。」文姿細聲說道，將阿克剛剛喝的馬克杯遞給阿克，阿克小心捧住，將陽台的落地窗關上。

阿克縮到陽台一角，生怕自己的身影會被即將進來的孟學瞥見。

文姿打開門，孟學笑笑晃著手中的一袋滷味。

「好香，原來妳在煮火鍋，難怪說肚子不餓。」孟學大方脫掉鞋子走進，深深呼吸，然後又是深深呼吸。

「幹什麼?如果肚子餓就快吃一吃吧，我還要工作呢！」文姿有些反感，不能理解孟學到處深深呼吸的意義。

「好不容易進來了，當然要好好呼吸房間裡藏著的，屬於妳身體的空氣。」孟學大言不慚，坐下，撈著火鍋裡的湯汁。

「一直都沒問你，你幾歲了?」文姿坐下，遞了一個碗給孟學。

「三十二。」孟學笑笑，將滷菜倒在盤子裡。

「請問這三十二年來，你有臉紅過嗎?」文姿沒好氣地說。

「好像沒什麼印象，哈！」孟學自嘲，自己打開電視，遙控器隨便切換著頻道。

孟學與文姿就這麼吃著火鍋跟滷菜、看電視，而阿克只好捧著冰冷的柳橙汁，縮在陽台看月亮，心裡頗不是滋味。

但電視裡新聞報導的內容，立刻吸引阿克的所有注意力。

「是的，就如鏡頭前所顯現的一樣，郵筒怪客再度出沒，今晚和平東路三段、臥龍街、安和路、基隆路二段，總共有四個郵筒遭到焚燒，郵筒內的信件付之一炬，警方表示會加強巡邏，並誓言在今年年底聖誕節前將郵筒怪客緝捕到案！」

記者緊握著麥克風，但表情卻是忍俊不已：「本台記者在這裡提醒各位民眾，最近要寄信給朋友，可能須多利用網路電子信件，或是到郵局直接投遞會比較有保障。」

阿克幾乎要笑了出來，今晚郵筒怪客又大暴走了，如果有機會跟這位行動力超強的快閃族在燃燒的郵筒前合照，那一定比要到陳金鋒的真正簽名球還炫。

「變態，簡直是危險份子。」孟學發笑，喝著湯。

阿克乾吞了口口水，他實在是餓壞了。

孟學關掉電視，一邊吃著火鍋一邊翻著文姿與阿克所做的問卷。

「我不喜歡你介入我的市調分析。」文姿直說。

「抱歉，即使會惹妳討厭，我還是得持相反意見。」孟學認真地說：「不管在哪個企業體，耳朵比嘴巴還要重要，能學的就學，能偷的就偷，至於要不要採納我的看法，就看妳自己專業的判斷，千萬別讓自尊心耽誤了自己的進步。」

孟學一邊說，一邊將火鍋裡的蛋餃夾到文姿的碗裡。

「對不起，你說得對。」文姿承認自己的防衛心太強。

孟學笑笑，沒有再多說什麼，只是審視著訪談資料。

文姿繼續將部分問卷輸入電腦，建立統計資料庫，心裡掛念著在陽台吹風的阿克。

半個小時後，文姿依稀聽見陽台傳來咕嚕咕嚕的聲音。

終於，她再也忍不住了。

「我吃飽了，你呢？」文姿問。

在這快一個小時裡，她都沒將電磁爐的火關掉，只是調到保溫。

「嗯。」孟學應道。

文姿收拾桌上的碗筷，將火鍋料裝在一個乾淨的塑膠袋裡，打開陽台的落地窗，這舉動讓阿克嚇了一跳，阿克呆呆看著文姿，全身僵硬。

文姿眨眨眼，將熱騰騰的火鍋料放在護欄旁。

「怎不丟進垃圾桶或沖馬桶？」孟學漫不經心地問。

「陽台常有野貓走來走去，既然吃不完，就讓野貓填個肚子。」文姿若無其事關上落地窗。

「這麼喜歡貓，以後送妳生日禮物就挑隻貓如何？」孟學笑笑，旋即說起對冷氣方案的想法。

夜越來越深，阿克蹲在陽台小心翼翼吃著火鍋料，暗暗感激著文姿不為人知體貼的一面。

阿克還記得第一次強拉文姿去看象牛總冠軍賽後，兩人筋疲力盡步出天母球場，坐在路邊吃熱狗喝汽水時，一隻患有皮膚病的流浪狗傻呼呼地坐在兩人前面，眼珠古溜古溜地看著兩人。

文姿想都沒想，就將自己手中的熱狗用雙手放在地上，還倒了一些汽水在掌心，讓狗兒的舌頭舔舐著她手裡的汽水解渴。

阿克回想起來，自己大概就是因為那個溫馨的畫面愛上文姿的吧。

大家都只看到文姿弓起身子，用刺蝟武裝自己的那一部分，自己卻三生有幸，看見文姿最善良的那一面。

三生有幸，可以因此愛上她。

5.4

天漸漸從遼闊的黑，透出深湛的藍。

夏天的早晨，四點多就向疲困不已的阿克招手。他沒想過要偷偷睡覺，因為他不確定自己會不會打呼，萬一露餡的話肯定會帶給文姿不小的困擾。

「PowerPoint的簡報完成了，謝謝你。」文姿說，這次可是真心誠意。

「不客氣，因為我喜歡妳嘛！哈。」孟學看著錶：「天都亮了，現在離上班不到五個小時，不過妳儘管睡，我先到公司時會跟其他主管知會一聲，把會議挪到下午。」

「不需要做到這樣。」文姿搖頭。

「無妨，那些工蜂會知道自己分寸的。」孟學起身。

「你要真說了，我會很生氣。」文姿認真警告。

她可不想在公司被說成與孟學走得很近，甚至被說「孟學昨晚跟文姿一起熬夜將簡報完成」那樣過度親密的話。

「我要走了，還是妳打算留我在這裡睡幾個小時？」孟學故意逗文姿。

「快回去睡吧，我睏死了。」文姿起身，要送孟學出門。

孟學走到門口，好像突然想到什麼似的停下腳步。

「對了，我順便載阿克回家吧。」孟學笑笑，對著陽台說話：「在那裡熬了一整夜也夠他受的了，萬一感冒，我可不想准他的病假。」

文姿愣住。原本坐在陽台上昏昏欲睡的阿克也一下子清醒了。

孟學微笑，看著阿克慢慢拉開落地窗，神色尷尬地看著文姿與他。

「阿克他只是……」文姿開口解釋。

「我知道，阿克只是跟妳一起整理統計資料。」孟學攤開雙手，笑笑：「所以我才要專車送他回去，資料已經ＯＫ了不是？」

阿克不知道該不該點頭，甚至不知道該說些什麼。

「走吧。」孟學打開門，友善地向阿克招手，阿克只好跟了上去。

看著兩人即將走出房間，整夜心神不寧的文姿一股怒氣上來。

「你早就知道他在陽台外，還讓他在外面待上一夜？」文姿微怒。

「他的腳跟嘴都不長在我身上，阿克，走了。」孟學爽朗一笑，拍拍阿克的肩膀。

阿克覺得，肩膀很痛。

5.5

孟學的跑車沒有停在阿克家樓下，因為孟學根本沒開口問阿克住在哪裡。

事實上，這兩個情敵在十分鐘的車程裡完全沒有交談。

車子停在松山機場外。

阿克識趣地不發一語，便想開門下車。

就算是叫計程車回遙遠的麟光，他也不想在這台死寂的靈車上多待一秒。

「你喜不喜歡文姿，我沒興趣知道。」孟學突然開口，於是阿克的屁股離座一公分後，只好又黏了回去。

「我……」阿克傻住。

「不過我可以告訴你，如果你自以為文姿喜歡你，那你也未免太看得起自己了。」孟學的眼睛始終沒看著阿克。

「你在講什麼五四三啊。」阿克聽見孟學挑釁的用語，開始有點不耐。

「文姿生日那天，你蹺班，記得嗎？」孟學冷笑。

阿克點點頭。

「那天，我跟文姿告白。」孟學的手輕拍著方向盤，語氣從容。

阿克瞪大眼睛看著孟學，這件事文姿也簡單跟他提過，但他不懂沒有成功的事孟學幹嘛自己提起？

「文姿沒有拒絕我，不過也沒有答應我，你知道是為什麼嗎？」孟學的語氣依舊自信。

「我知道。」阿克看著孟學不斷拍打方向盤的手。

「你這笨蛋真的知道？」孟學冷笑，心中卻開始暗罵：我都還沒編故事，你這傻蛋就知道我要編什麼了？

阿克一臉誠懇拍拍孟學肩膀，孟學反感地移肩避開。

「文姿很善良，看你平常這麼臭屁，不好意思一口氣拒絕你，不過她其實心裡早就拒絕你一千萬次了。」阿克突然硬氣起來。

看這事態翻臉既然翻定了，就別再理會上司下屬那套吧。

「所以我說，你這隻工蜂也未免太看得起自己了。文姿跟我都是住在金字塔頂端的人，呼吸最乾淨的空氣，曬最乾淨的陽光，而你，看過Discovery頻道裡介紹那些古埃及奴隸怎麼搬大石頭堆金字塔嗎？」孟學點了根菸。

「你要說什麼快點說吧，法老王。」阿克捏緊拳頭。

孟學下車，手插著口袋，背對著阿克。

「文姿說，希望我可以靠自己的實力坐到賣場台北地區總經理的位置，證明我是一個值得她託付的、有責任感的男人，而不只是一個家裡印鈔票的紈褲子弟。女人嘛，談戀愛可以只靠感覺摸索，但談戀愛跟結婚究竟是兩回事，一旦女人認真掂量起男人，女人可是比誰都還殘忍的動物。」孟學將沒抽幾口的菸踩在腳下，自言自語：「當然了，她囑咐我少抽點菸，女人有時也挺囉唆的。」

阿克的額頭青筋暴露，看著孟學得意的背影。

「也許你想問，跟你說這些……為什麼？」孟學終於回頭看了阿克一眼，說：「要你放棄？根本沒那個必要。我只是同情你。」

「放屁！文姿她才不是你說的那樣！如果是，她昨晚幹嘛不讓你進房間？」阿克怒道。

「就跟你說的一樣，文姿，就是那麼善良的女孩。」孟學嘆氣：「她不忍心傷害像你這樣一個小夥子，跟我一起演場戲給你看罷了。事實上，她還叫我多拉拔你，希望你積極點，別老是那麼渙散。」

阿克氣爆了，真想跟哈利波特搶隱形斗篷，狂扁眼前這個囂張的男人。

「你要追文姿，隨你的便，反正最後為文姿套上婚戒的，只有我，因為只有我才有本事靠實力登上台北區總經理的位置。」孟學越說越過癮。

「你可以，我也可以！光是比帥我就贏了！」阿克憤怒下車，猛摔車門。

「工蜂，台北區區域總經理，可是要靠腦袋這個去爭取的，你是什麼？不過是一個小小門市售貨員，爭什麼？要不要我借幾本經營管理的書給你膜拜？還是你只能看課長島耕作那種漫畫？」

「你不要仗著自己學歷高就隨便貶低別人！悟空都沒唸書照樣把地球保護得很好！」阿克大吼，他這輩子從沒這麼憤怒過。

「說完了？走路回家睡覺吧！再過幾個小時，夢醒了，我又是主管，你還是我底下的一條狗，比我你比不過，惹我你又惹不起。」孟學回到跑車上，發動引擎。

阿克瞪著孟學，氣得說不出話來。此時的他極度憎恨自己沒看台灣霹靂火，將幾句粗暴的罵語記在腦裡。

「不好意思，我沒興趣送工蜂回家。」孟學揮揮手，笑說：「尤其是男的工蜂。」孟學的跑車揚長而去。

阿克只能咬著拳頭。

只能咬著拳頭，咬到拳頭都流血了。

五局下

5.6

幸好是在機場附近被丟下，不然大清早的要招到計程車還真難。

阿克慢步上樓，心中依舊有些忿忿不平，還有更多的不安。

文姿是個積極向上的好女孩，做起事來絕不輸給任何一個男性，遇到公司舉辦特別的促銷活動，她還會主動留在公司加班到深夜。這樣一個兢兢業業的女強人，的確沒有欣賞自己的可能。

「但明明，文姿那善良的一面就是那麼真實啊！」阿克喃喃自語，隨即用力拍了自己後腦一下：「什麼善良，愛情怎麼可以靠搏取對方同情得到？喜歡就喜歡，不喜歡就不喜歡……」

阿克苦著臉走到五樓時，卻嚇了一大跳。

小雪縮在房門口，看起來好像是睡著了。

但阿克一站在她面前，小雪卻像裝了感應器一樣，昏昏沉沉地睜開眼睛。

「回來啦？」小雪揉揉眼睛，卻沒有立刻爬起來。

「喂！妳……妳不是有房間的鑰匙？幹嘛不進去睡？」阿克嘆氣，這隻妖怪真是難以捉摸。

「昨晚我回來等了你好久，你都沒回來，打電話給你你又掛掉不理我，所以我就出門轉扭蛋啦！告訴你喔，我連續轉到五顆技安扭蛋加三顆阿福扭蛋加兩顆大雄扭蛋，運氣好背喔！幸好我堅持下去，終於抽到戀愛運氣超強的宜靜。」小雪疲憊地笑笑：「所以我想，你最後還是會回來的，就回來等你啦！」

「廢，我住這裡不回來要睡地下道啊？我是問妳，好端端怎麼不進去睡？」阿克拉起小雪，小雪的身子很沉重。

而且，手好燙。

阿克一驚，發燒了？

「我出門時忘記帶鑰匙了，把自己反鎖在外面。」小雪微笑。

阿克蹲下，摸著小雪額頭，果然是發燒。

於是阿克也不避嫌，打開門就抱小雪進去，放在床上，打開窗戶通風。

「妳去洗個熱水澡，燒會比較快退，挪，多喝水，把燒給尿掉。」阿克倒了杯水，小雪迷迷糊糊喝了，倒頭就睡。

阿克拉起小雪，拍拍她的臉，說：「快去洗澡，記住別在浴室睡著了。」

小雪搖搖頭，又倒下去睡。

「阿克，你昨天晚上跑去哪了？」小雪抱著枕頭，身體有些畏寒。

「去我喜歡的女孩子家做簡報，媽的遇到一堆混帳事。說到這個，靠！我得快睡一下。」

阿克不管了，將鬧鐘撥到九點半，倒在地板上就睡。

小雪嘆了口氣，阿克假裝沒聽到。

「阿克，幫我治好我的病。」小雪虛弱地說。

「別說話了，有力氣說話不如去洗個熱水澡暖暖身子，病才會好得快。病好了，我們再一起去打棒球。」阿克說，翻了個身。

「燒一下子就退了，但我另一個病卻很不容易好。」小雪的聲音越來越細。

「什麼病？」阿克實在很睏。

「缺乏幸福的病。」小雪說完。

「胡說八道。」阿克不想答理。

「不幫我治好，那我要一直發燒，你去上班，我就洗冷水澡，脫光光在床上讓它繼續燒……」小雪說著說著就迷迷糊糊地睡著了。

累垮了的阿克，早就進入夢鄉。

5.7

賣場，小小的會議室裡。

十點半了，半個小時前簡報就應該開始，但阿克一直遲遲未到，手機也打不通。

文姿看了與阿克最為交好的店長一眼，店長只能無奈兩手一攤。

「文姿，開始了吧？」孟學建議，看看其他的主管與員工。

「是。」文姿打開筆記型電腦，卻忍不住又看了一遍，門外空盪盪的走廊。

手機裡十七通未接來電，加上鬧鐘，都沒能喚醒吹了一整夜風的阿克，阿克最後還是靠一個失去文姿的惡夢驚醒的，要不然可不曉得會睡到多晚。

「糟糕，簡報！」阿克大驚，隨便套上件襯衫，胡亂打了個領帶，將桌上的孔雀餅乾捏碎一角，丟進魚缸裡。

小雪熟睡著。

「小雪，我去上班了，妳記得打電話去工作的魚店請假！」阿克走到玄關穿鞋。

小雪沒有回話，似乎睡得很香甜。

但阿克感到有些不對勁。穿著鞋走回到床邊，摸了摸小雪的額頭。

「怎麼會這麼燙！」阿克吃驚，立刻將小雪搖醒。

小雪迷迷濛濛看著阿克，阿克好像變成了三個晃動又不斷重疊的人影。

「我……是……一……條……快……熟……透……的……魚……」小雪唸著。

阿克趕緊揹起小雪，以百米速度衝下樓。

燈光昏暗的會議室裡，電子通路的明日之星閃耀著她的自信與專業。

文姿毫無懼色看著底下的主管與員工們，慢條斯理喝了杯水。

「以上是針對窗型冷氣的銷售專案設計，另一方面，就分離式冷氣來說我們這次主要超額進貨的機種，功率坪數都在一萬BTU以內，大約是八坪以內適用，一般小家庭為主要使用者，而我們意外發現，一般小家庭並不是最在意價格高低的消費族群，反之，他們是品牌忠誠度最高的使用者。」

一個主管感到興趣：「這倒很有趣，說說看為什麼？」

「這是一個風險自我評估的概念。收入較少的小家庭，也是最不能承受昂貴的必要傢俱壞掉情況的族群。」文姿解釋，換了張投影片。

大家頗有興趣地聽著，孟學眨眨眼，鼓舞著文姿。

「雜牌電動刮鬍刀，一支只要五百元不到，壞了，再買也沒什麼了不起，但如果冷氣壞掉、漏水、聲音吵雜到一個程度，小家庭被迫面對重新購買的情況，那就是兩萬上下的昂貴代價。所以只要商品的價格高到跨越風險承受的評估值，小家庭對於品牌比高收入家庭還要堅持，不夠響亮的品牌，他們不會接受，因為風險發生後的代價太高。所以打響冷氣品牌的品質保證，比降價策略還要實惠，才能命中核心。」

一個資深主管提問：「庫存裡的分離式冷氣只有東寶公司單一品牌，妳打算怎麼在短時間內，提高小家庭對東寶的品牌認同感？」

文姿氣定神閒，又換了張投影片。

這個時候，她真希望另一個人也在場。

5.8

但那個人卻在醫院裡，陪著另一個女孩。

小雪醒來已經五分鐘了，也足足欣賞了坐在一旁，睡到流口水的阿克五分鐘。

這隻酷愛轉扭蛋的妖怪表情，既憐惜又高興。

「也許你會覺得我很奇怪，怎麼會無緣無故、比強力膠還要強力膠地黏著你，但我自己一點都不意外，因為我第一眼看見你，就知道你雖然不是那種英姿煥發的白馬王子，卻是那種無論如何都不會拋下我不管的好人。就跟現在一樣。」小雪看著阿克熟睡的臉。

阿克的嘴微微打開，像個包裝不完整的傻瓜。

小雪親了阿克的嘴角一下，猶如魔法般，阿克猛然醒來。

「現在幾點了！糟糕！」阿克不知道自己是被親醒的，只是看著錶。

阿克迅速摸了小雪的額頭一下，似乎不怎麼發燙了。

「不愧是妖怪。我走了！妳不准再發燒了知不知道！」阿克邊跑邊叫：「快回到妳的妖怪國去，人間界是很危險滴！」還不忘學著星爺電影裡的對白。

小雪在後面愉快地揮揮手，雖然阿克連轉頭道別的時間都沒有。

5.9

阿克衝到賣場辦公室的時候，正好趕上燈光打開的瞬間。

大家熱烈地鼓掌，似乎是一場成功的專案企劃簡報。

文姿對著門口氣喘吁吁的阿克微笑，反而讓阿克感到很內疚。

「你錯過了今年夏天最完整、最精彩的報告，這不打緊。」孟學手比著手槍姿勢，對準了阿克：「不過你到底有沒有身為公司一員的自覺？你自己數一數，這個月以來你總共遲到了幾次？」

辦公室裡所有人都以同情的眼神看著阿克。

孟學只是這間賣場的品管經理，卻常常以最高主管的口氣說話。

「不好意思，金字塔頂端太高了，你站在那裡說話我他媽的聽不見。」阿克無法克制怒氣，今天凌晨的屈辱感又重新回到自己的身體裡。

所有人都嚇了一跳，這傢伙是不想在這邊做事了吧，竟敢出言不遜頂撞大股東的獨生子？而孟學自己更是無法置信，只好一個勁的冷笑。

文姿皺眉，緊張示意阿克別亂說話，生怕阿克還有什麼可怕的台詞還沒說完。

「阿克，如果有話……」店長輕咳。

「我的報告結束，實際的行銷方案將會在這一、兩天內確定，下游中古電器通路也會找好合作對象。」文姿當機立斷為整個報告做結束，想打斷現場尷尬的氣氛。

「那就散會吧，大家回到崗位上做自己的事，至於文姿，店長，文姿跟我忙了一整晚整理資料跟報告，也算是熬夜加班，她很累了，不如今天就讓她早點回去休息。中古廠商那邊我下午會去跑，沒有問題。」孟學卻連店長的臉都沒看，這番話只是說給全場的人聽的。

「不，如果我可以休息的話，其實阿克也……」文姿看著快失控的阿克。

「也好，公司最大的資產就是人才，文姿，妳今天就當放榮譽假吧！早點回去休息，免得累垮了要放病假，公司可划不來，散會吧。」店長順著孟學的邏輯，想將尷尬的局面速戰速決。

所有人開始收拾桌上的文件，這間辦公室裡充滿一觸即發的火藥味。

「等等，店長！」阿克突然爆發。

店長心中不斷嘆氣，這小子終於失控了。

「請問要怎麼做，才能在最短的時間裡把他給比下去！」阿克指著孟學。

所有人面面相覷，強笑也不是，就這麼離開也不是。

孟學倒是大大方方笑了出來，搖搖頭，故作哀傷地嘆氣。

「阿克，去忙你的吧，嘎吉拉已經快把東京給踩平了，地球防衛隊在呼喚你了。」店長拍拍阿克的肩膀。

但阿克的眼睛卻怒視著孟學，身子僵硬。

連阿克自己都沒發覺，他寧願瞪著輕視他的人，也不敢看著他喜歡的文姿。

他害怕孟學所說的並不是謊話。因為他從來就沒試著了解過文姿心裡真正的想法，只是一逕地喜歡，一逕地想表白，跟大多數盲目於戀愛的人一樣。

「這隻工蜂是負責哪個部門的？」孟學發笑，看著店長。

「阿克是負責麥金塔蘋果電腦跟相關周邊設備的。」店長回答。

「Mac啊？難怪我老覺得我們Mac的電腦都沒什麼銷，原來就是你這隻工蜂負責的。」孟學雙手輕輕拍著光滑的桌面，語氣輕蔑：「那麼，你就試著……從三個月內把蘋果電腦部門的營業額衝到一千萬開始吧？」孟學發笑。

「我三個月內如果把營業額衝到一千萬，以後你每次看到我都得立正站好！恭恭敬敬叫我阿克先生！」阿克怒道，伸出手，想擊掌立約。

孟學哈哈大笑站了起來，沒與阿克擊掌，臉色卻突然一沉。

「不要把不能達到的夢想掛在嘴邊，如果你真能夠做到，以前為什麼不認真去幹？隨隨便便說幾句大話，就以為可以勝過別人辛苦經營的成果，你把做生意看成什麼了？你把努力看成什麼了？如果辦不到，就給我滾。」孟學嚴肅地說，字字鏗鏘有力。

孟學離開辦公室，留下無力反駁卻滿腔混沌憤怒的阿克。

文姿覺得心裡很難受，正想開口說點什麼，阿克卻一副無法親近的神色。

這是她從來都沒感覺過的。

「文姿，不可靠的我，再也不會存在了。」阿克說，像是在做什麼下定決心的宣示。

那表情、那用字、那眼睛裡隱藏的靈魂，在這句宣示之後，文姿好像都不再熟悉了。

「給我一段時間。」阿克離開辦公室。

5.10

甘於平凡，跟甘於受辱，絕對是兩回事。

連續好幾天，阿克都在網路上努力搜索著關於蘋果電腦的一切資料，認真思考著蘋果電腦的瓶頸，與可能突圍的機會。

在Microsoft微軟這隻巨獸蠶食鯨吞下，Windows系列的作業系統儘管問題層出不窮，還是穩坐全球最大的作業系統寶座，搭配Mac OS X作業系統的蘋果電腦這全球佔有率只有百分之三，而且大部分都限於專業繪圖、影像剪接、音樂製作的人在使用，因為蘋果電腦對影音的處理頗有獨到之處，所以充斥在每間電影公司、唱片公司與出版社裡，卻鮮少被一般個人用戶採納。

阿克明白，這是個謬思。

蘋果電腦並不是專業人士才有資格親近，因為蘋果電腦使用極為直覺，一般人很容易就上手，它的內涵並不因為它的強大功能而變得繁複囉唆。況且絕大部分的人都會同意，蘋果電腦大概是世界上最美的電腦，因為有無數客戶都是因為蘋果電腦近乎完美的工業設計而停下腳步、再三把玩，然後就會見識到作業系統Mac OS X 10.4的穩定強大、特效精彩。

但使用者比例過少造成方便性不足的問題，許多在一般個人電腦裡可以使用的軟體都與蘋果並不相容，能玩的遊戲比起ＰＣ來說少了幾百倍都有可能，日系韓系的線上遊戲幾乎都不支援，只能祈禱美國的Blizzard每年出品大遊戲如星海爭霸、魔獸爭霸時不要忘了出蘋果電腦的版本。

阿克拿出紙筆，回想每個在蘋果電腦前駐足過的民眾所問過最多的問題。

「麥金塔可以用Word嗎？」答案是可以，而且更簡潔漂亮。

「麥金塔有軟體可以打BBS嗎？」答案是可以，但速度比ＰＣ還要遲鈍點。

「麥金塔可以用MSN嗎？」答案是可以，還有漂亮十倍的視訊界面。

「麥金塔可以玩某某遊戲嗎？」答案是，幾乎都不可以。

只要清楚解釋這些問題、或甚至解決問題，就能夠更靠近客戶了吧？阿克心想，但不夠，還不夠，還缺了什麼關鍵因素，那個關鍵因素才是解開「為什麼你非買蘋果電腦不可」的鑰匙。

也許孟學說的是對的，自己到現在才開始認真看待門市銷售這件事，過去不曉得在混些什麼，將要不要購買的理由全拋給了顧客。在那個時候，自己隨便說一些根本就辦不到的事，聽在長期努力的人的耳朵裡，也一定覺得自己很討厭吧？

這段時間裡，小雪妖怪當然也出院了。

小雪將更多東西慢慢搬了過來，而且還在阿克房間裡養上一缸又一缸的魚，佔據了櫃子、桌子、地板、乃至床頭，搞得阿克越來越煩了。

兩人簡直莫名其妙同居起來。

「媽啦小雪妖怪，妳有沒有想過乾脆買個大缸子把魚通通養在一起？要是我不小心打翻了怎麼辦？」阿克抱怨，趴在地上苦思麥金塔行銷方案。

「這些魚都生病了啊！如果都養在一塊，這隻好了但那隻還沒好，所以那隻當然就會把病繼續傳染給這隻啊！大家會一直生病下去的。」小雪一口拒絕。

小雪自行從床底下拉出半箱保久乳，開了一罐果汁口味的給自己，遞了一罐巧克力口味的給阿克。

「怎麼會有魚一天到晚都在生病的？一缸一缸的，弄得我房間都是魚腥味。」阿克嘆氣，這幾天運氣真是背透了，又不能真阻止小雪治魚，那樣做好像很不人道。

小雪從衣籃裡拿出自己乾淨的衣褲，順手遞了幾件摺好的白色四角褲給阿克。

「天，我不是說不要幫我洗衣服嗎？尤其是內褲！」阿克整個人都快瘋了。

尤其自己前兩天還夢遺，那感覺真想死，早知道就應該把內褲直接往窗戶外丟，而不是隨便塞在洗衣籃裡。

小雪看著煩透的阿克。這樣的他已經連續好幾天了，連去打擊場揮棒的次數都變少了，好像不流汗也不會死了。

「阿克，你整天都在看電腦雜誌跟做筆記，是在煩賣電腦的事嗎？」小雪喝著果汁調味乳。

「妳知道蘋果電腦嗎？全世界超少人用的系統！但我要好好研究這東西，搞懂它，搞懂誰在用它，搞懂誰會用它，搞懂誰可能會需要用它，想用它，愛它。然後想辦法賣掉它。」阿克看著從網路上列印下來的行銷專案資料，資料幾乎都是英文，阿克只好不停查字典。

「嗯，跟賣魚不大一樣。」小雪說。

「喔？怎麼說？」阿克隨口應付著。

「客人來店裡買魚，我不會問他想買什麼魚，而是問他想養什麼樣的魚，然後想辦法知道他能養什麼樣的魚、不能養什麼樣的魚。」小雪說，看著服裝雜誌。

「有什麼差別？」阿克皺起眉頭，繞口令似的。

「如果一個人只打算買一尺缸，卻要養恐龍魚或是肺魚、或是成吉思汗、小丑武士、長頸龜那些一不小心就會長成巨無霸的小怪物，等到原來這麼小的動物長成好大一隻，牠們會活得很擠、很痛苦，會得憂鬱症的。」小雪用手比劃著魚缸大小，說：「最後也會造成主人內疚，只好將那些小怪物偷偷放生進公園的池子裡，但這可能會造成生態的破壞，也可能害死那些水土不服的小怪物。」

「嗯，很有道理。」阿克看著小雪笑笑，小雪像是受到鼓勵般樂了起來。

「所以囉，如果客人不懂魚，卻想養魚，我就要教他，幫他評估，免得魚不快樂。魚不快樂，主人也不會快樂。讓客人買到最適合自己的魚，魚過得越舒服，就會活得越久，活得越久，各式各樣魚飼料、水草，也會跟著賣得更多更久啊！」小雪繼續說道。

「拿來賣電腦好像也……也有那麼點道理。」阿克沉思。

這些道理其實不難想像，但自己就是缺了一根筋。

「真的嗎！那我有幫上忙嗎？」小雪笑嘻嘻地說。

阿克喝著巧克力牛奶說：「差點被妳拐離主題，總之約法三章，妳要幫魚治病可以，但不能夠再多了，魚的病若是好了就一條一條送回去，缸子就是這幾個，知道嗎？再多我就要抓狂了！」

小雪嘟著嘴，有些喪氣說：「喔，生病的魚品種再好也不會有人要的，就跟生病的小雪一樣，只有阿克肯收留。所以小雪幫阿克洗內褲也是應該的。」

阿克一愣。

生病的魚，品種再好也不會有人要？

小雪不明白阿克為什麼突然呆住，而且一呆住，就是長達三分鐘的靜默。

「小雪？妳知道什麼是必殺技嗎？」阿克捏緊拳頭。

「必殺技？」小雪躺在床上，雙腳在空中踩腳踏車瘦小腿。

「就是星矢的天馬流星拳，就是超級賽亞人的龜派氣功，就是義智的居爾一拳，就是麥可喬丹的零秒出手啊！」阿克興奮起來，忍不住大叫：「小雪！妳真是太神啦！」

明天開始，他要走出賣場。

帶著必殺技走進學校、企業，跟任何一個可能需要蘋果電腦的地方！

5.11

「店長，我覺得死守在賣場裡對衝高麥金塔電腦的業績沒有實質幫助，我想出去跑業務，從國小、國高中的電腦教室，談到有相關影音科系的大學，最後也想試試看有換機需求的企業體。」

阿克這麼跟店長說的時候，文姿也正好在旁邊觀察冷氣的銷售狀況。

店長驚訝，文姿更是一臉無法理解。

「阿克，當初記得你到總公司應徵的時候，就說寧願到賣場當銷售門市，也不想待在總公司當通路的業務，現在……」店長推推眼鏡。

「沒錯，我還記得，我說過太積極的生活會讓我窒息，日子還是平淡無奇一點的好。所以總公司就調我過來了。」阿克搖搖頭，說：「但是要衝破三個月一千萬的業績，站在店裡等客人，就算一天賣出一台電腦都不夠，一定要出去談。」

「如果你堅持我當然也不反對啊，不過這樣做真的好嗎？」店長猶豫。

「要是我輸給那個混帳法老王，我會很不甘心的。」阿克忿忿說道，開始準備下午出去跑業務的資料。

文姿看著阿克，是什麼東西在他平實的腦袋裡起了化學作用？一到午餐時間就會跟店長坐在階梯上啃便當、打打鬧鬧的那個阿克不知道躲到哪去，變成一邊吃便當一邊在辦公室上網找資料的那個阿克。

「阿克，你不必因為跟孟學賭氣就改變自己的生活方式，我們合作的冷氣案子很成功，你提的學生分期、一年購回的方案讓我們一星期裡就賣掉七成的庫存，你可以很好，只是常常不這麼做，這樣就夠了不是？」文姿拍拍阿克的肩膀。

阿克的肩膀很僵硬。

阿克這幾天完全不敢再想告白的事。文姿似乎在怕自己。

女人戀愛依賴感覺，選擇終生相伴的對象卻是回歸理性。

真的是這樣嗎？阿克不知道，不過他在自己身上，的確找不到能夠讓哪個女孩子放心依靠的特質。一個，一個也沒有。

「文姿，相信我。」阿克堅持，眼睛卻只敢看著桌上的資料。

「我相信你，一直一直。」文姿說，看了看牆上的鐘，故作輕鬆地說：「湯姆克魯斯最近有部電影演壞人，叫落日殺神，你應該還沒看過吧？」

「就是阿湯哥演殺手搭計程車那部？沒時間看啊！」阿克整理著領帶。

「嗯，那下午我們蹺班去看如何？避開晚上人多，下午一定可以坐到很不錯的位置，最後再去那間奇怪的咖啡店吃飯！」文姿笑笑，用手肘輕輕撞了阿克一下。

店長嚇到，這種建議在以前的文姿嘴巴裡，堪稱是絕不可能說出口的十句話之首。

小子，千真萬確，這女孩很喜歡你啊！店長莞爾地看著阿克。

「不行啦！下午那些生意才有得談啊！等下班了我們再去看電影吧？看午夜場的人也蠻少，只是不曉得那間黑店開到多晚就是了，再找別的地方吃飯吧。」阿克抱歉笑笑，將一台蘋果的筆記型電腦放在背包裡，手裡又提了一台雪白的桌上型電腦。

文姿摸著手臂上無數個微微突起，那是雞皮疙瘩。

怎麼會是這種感覺？怎麼會是這種感覺？

「店長，我拿一台PowerBook跟一台iMac出去示範喔，只有打嘴砲是沒用的！」阿克吐吐舌頭，提著桌上型電腦跑業務，真是重斃了。

「沒問題！」店長聳聳肩。

文姿看著阿克的背影，一手提著裝著各式資料與DM的小行李箱，一手提著蘋果電腦，肩上還揹著另一台筆電。

他已經不是個男孩了。短短幾天，阿克就蛻變成一個積極上進的男人。

也許她該為他高興，而不只是自私地期待，阿克永遠是那個無所謂的迷糊蟲。

但不知為什麼，她卻很想哭。

也許阿克還是喜歡著自己。也許阿克以後也會很喜歡自己。

但文姿卻很害怕，自己快要失去喜歡阿克的理由。

阿克走到賣場自動門前，門打開，陽光灑在阿克半邊臉上。

阿克慢慢轉頭，看著文姿。

「文姿，妳相信我會打敗孟學嗎？」阿克的聲音裡，隱藏不住從前的熱血靈魂。

文姿的喉嚨裡哽咽著什麼，只好用力點點頭。

「晚上十點，紐約紐約見囉！」阿克笑著。

自動門闔上，文姿的眼淚也跟著滑下。

那個男孩，或許那個男孩一直都在。

只為了自己存在。

185 **愛情**

兩好三壞。

六局上

6.1

阿克決定從擁有蘋果電腦「需求」的大學系所開始，因為許多蘋果使用者都是從各種設計系與音樂電影系畢業的。於是阿克挑上了國立藝術大學當作先鋒。

坐在藝術大學廣電系的辦公室裡，阿克緊張得手心冒汗，因為他要面對的是自己最不擅長的顧客類型，年紀五十歲以上，頑固的死系主任。

「貴系既然是關於廣告設計與影像創意，一定知道我們的電腦系統比一般ＰＣ更適合用來作繪圖、影像剪接，就連知名的影像合成軟體都是原生於我們的作業系統，搭配起來效果更好，速度更快，在跨平台的轉檔過程裡顏色不失真，您看，這張圖是裝有雙P4處理器的一般ＰＣ，與我們的頂級雙G5電腦處理影像的速度比較，您看是不是很神？還有，我們在價格上一直有學生特惠，對貴校當然也是適用的。」阿克說，一邊將最新的iMac桌上型電腦啟動，展示裡面的軟體。

「還有沒有啊？」系主任泡著茶，但沒有為阿克倒上一杯。

「當然了，蘋果電腦中毒的機會奇低，人怕出名豬怕肥，Windows中毒中到不行，病毒沒事就對硬碟來個木馬屠城，還得重灌才能乾淨。」阿克掛著笑容。

這是他的必殺技。

微軟的致命傷，蘋果的無敵鎧甲。

「外掛防毒軟體不僅是一筆高昂的固定費用，而且容易拖垮系統速度、耗竭系統資源，使用一開始費用較高的蘋果電腦反而是最省錢的。」阿克將許多DM攤在桌上。

「是嗎?我們會考慮考慮的。」系主任看著門口。

然後是政大統計系。

「以前讀書時我統計最爛了，所以一進到貴系所腿都軟了，不過一想到我要介紹的電腦跟它專屬的、獨一無二的作業系統，我就有點信心了，SPSS這重要的統計軟體我們的作業系統支援到最新版本。」阿克擦擦額上的汗，繼續用單槍投影機展示蘋果電腦的界面。

「我以前在學校跑統計最怕電腦中毒，把硬碟的資料都清光光我就得重新Coding，那感覺真想死，說老實話蘋果中毒不能說不可能，但比起微軟，我們的電腦要中毒還真的不太容易，因為設計病毒的人都想成名、都想造成大破壞，所以針對使用者較少的蘋果電腦所設計的病毒幾乎沒有。」阿克說。

底下的老師們點點頭，但都沒有說話。

倒是擺在後面桌上的蘋果電腦吸引了一群學生東摸西看，品頭論足。

「這就是使用者少的好處。」阿克咧開嘴笑，自己看著門。

然後是法律代書公司。

這是阿克隨機挑選的，純粹碰碰運氣。

「剛剛老闆所說的貴公司常用的軟體，不外乎文書處理、簡報投影、資料庫管理，那些軟體也有我們電腦作業系統的版本，與PC都是共通的，沒有資料交換上的困難，至於上網那更沒有問題。」阿克打開PowerBook，開啟Word程式。

老闆摸著下巴，不停微微點頭，皺眉深思貌。

阿克也不囉唆，直接祭出必殺技。

「當然最大的好處就是蘋果電腦很不容易中毒，許多人都說Windows很方便，但使用者越多就越容易中毒，後門朵朵開，中毒了的電腦再怎麼說都是廢柴。少人用有少人用的好處嘛！」

阿克笑著遞上名片。

最後是一間瘦身公司。

已經是晚上七點了，阿克拖著一整天的疲憊，嘴巴卻意外油滑了起來。

「不好意思我一直擦汗，我剛在貴公司走來走去，發現在這裡上班的姊姊們都是……都是美女，好像在選美一樣，所以我相信老闆您是很有審美眼光的，比起醜醜的一般ＰＣ，我們的電腦就像藝術品一樣，你看，這樣白溜溜的擺著多好看？而且一開機，你看，美醜就差更多了。俗話說得好，最毒婦人心，但我們的蘋果電腦既漂亮又乾淨，要中毒比起ＰＣ難度要高很多啊！」阿克拉著iMac的液晶螢幕控桿，拍拍它純白的半圓機殼。

老闆一直都是色鬼式的哈啦笑容，但在阿克介紹完電腦後，笑容戲劇性瞬間消失。

老闆正經八百地說：「年輕人，不是看穿老闆是個色鬼就能做成生意的！錢啊小子！請漂亮女人上班不用錢啊？換電腦不用錢啊？要做成生意就自己砍砍價吧！不過還真被你看出了我是外貌協會的主席，我考慮考慮。記得啊，價錢要再甜一點！」

阿克恭恭敬敬遞上名片：「是，是，我會回去跟上游公司喬喬看，只要量大，價錢一定有空間。」

6.2

「跑業務果然很累，跑了一天什麼鬼也沒跑成。」阿克嘆道。

阿克坐在行人椅上啃便當，肩膀因為扛了一天的電腦痠痛不已，講話講太多，也讓腦子開始恍神起來，剛剛還差點跟便利商店的收銀員推銷起電腦。

阿克算一算，今天喝了兩罐純喫茶、三瓶舒跑、兩瓶礦泉水，流失的口水果然不少。

店長的車子慢慢停在阿克面前。

「謝啦！」阿克總算露出笑容。

「你這小子真麻煩啊！」店長幫忙阿克將電腦與小行李箱搬到車子裡。

「拜託一下會死啊？幸好有你可以幫忙，不然我就得扛這些東西去約會了。」阿克遞給店長一罐咖啡，自己坐到車子裡，將冷氣開到最大。

店長關上車門，看著閉上眼睛休憩的阿克。

「不簡單吧？」店長打開咖啡。

「真不適合我。」阿克坦承：「才一天，我就知道自己以前有多混了。」眼睛仍閉著。

店長看著阿克，這陣子兩人聊的天少了，阿克內在到底有什麼樣的轉變他並不清楚，但店長知道，要勉強阿克這麼一個很沒原則的人，做任何他原本不願意做的事，其實並不難。

所以阿克才會被小雪毫無道理地纏上，演變成怪異的半同居狀態。

「既然不喜歡，就別做啊！」店長故作輕鬆地說。

「如果不喜歡就可以不做，當初我就不會去受搭訕地獄那種酷刑了。」阿克自嘲。

「總有個目的吧？當初搞搭訕地獄是為了跟文姿告白，現在又是為什麼跟孟學嗆聲跑業務？他私下跟你說了什麼，還是文姿對你暗示了什麼？」店長猜測。

阿克沒有說話，不知道是不是睡著了，還是不想回答這個問題。

「假睡？」店長笑笑，發動引擎。

「嗯。」阿克應道。

「載你去約會吧。」店長踩下油門，哈哈大笑。

6.3

台北的夜。東區華納威秀影城旁，紐約紐約。

雖然八點才下班，但文姿特地趕回家洗澡換衣，從架式十足的套裝換成粉紅色連身短裙，那可是文姿衣櫃裡難得一見的可愛樣式。

文姿在落地鏡前咬著牙考慮再三才下定決心，深怕太過造作。

「妳好漂亮。」阿克看見文姿的第一句話，用很呆傻的表情說出。

文姿臉紅，手裡拿著兩張電影票。

「我先買票了，十一點的場，我們還可以走一走。」文姿說話有些不自然。

「妳的小腿……好……好漂亮。」阿克看得出神，脫口而出。

「你再說，以後我就穿牛仔褲。」文姿的臉更紅了。

從沒真正約會過的兩人也不知道該怎麼「走一走」，於是繞著廣場慢慢走著。

晚上十點的台北，夜的生命力才剛剛開始。

許多老外穿著輕鬆摟著辣妹穿梭在東區街道，Room18外都是將領帶鬆開的上班族。漁夫帽壓低的二線藝人穿梭在都會男女裡，享受害怕被人發現身分的多餘情緒。露天咖啡吧座間笑聲不斷。

此刻的兩人似乎不知道該找什麼話題開始說話，但在謐著咖啡香的輕輕夜風裡，任何刻意的語句都成了累贅。

於是兩人維持簡單的靜默。

對阿克與文姿來說，戀愛並非就像東京愛情故事的主題曲名一樣，「戀愛往往是突然發生」。

這兩個人，已經歷經了半年的磨合，半年的曖昧，還是靠著莫名緊張的意外催促，才走到第一次約會的進度。

文姿的手掌不小心輕輕碰觸到阿克的掌背。

一下。

又一下。

第三下，兩人的手背緊緊靠著，手指摩擦。

阿克的呼吸變得有些急促。

文姿也感覺到了，只有更加不發一語。

她怕開了口，會打亂戀愛的節奏。

阿克停下腳步。

文姿看著兩人的黏在地上的影子，影子彼此依靠，似乎已先牢牢牽起手。

「對不起。」阿克的鼻子深深吐出氣。

「對不起什麼？」文姿不懂，抬起頭。

「記不記得，我們約定好，如果冷氣的案子結束後，我們要一起請假去旅行？」阿克低著頭。

愧疚，但沒有避開文姿的眼睛。

「原來是這件事。」文姿點點頭。

「這三個月，我必須跟孟學那混帳對決，我會很忙很忙。」阿克的語氣有些沮喪：「我今天跑了好幾個地方：學校、公司……，但一張訂單都沒接到，我以前放縱自己太久，有太多事要學。」

文姿挑了個行人椅坐下，阿克直挺挺看著文姿。

「那天早上孟學送你回去，發生了什麼事？」文姿看著阿克的鞋子。

鞋帶鬆了。

「請再給我一點時間，我會追上那個法老王的。」阿克不想回答，因為他心裡根本不承認文姿說過那些話。

或者，他無法判斷。

文姿說沒有，他願意相信，但更怕文姿對他說謊。

文姿說有，他大概會當場崩潰吧。

「不懂你在說什麼，不過，我支持你。」文姿的語氣有些感傷，就像酸酸的咖啡豆香：「如果你累了，想放棄了，我也不會看不起你。」

阿克搖搖頭，堅定地說：「我不會放棄的。」

其實他口中的不會放棄，文姿恐怕不知道其中真正的意思。

戀愛是這個世界最倚賴感覺的習題，默契的培養能傳遞情侶間的無聲情意，一個眼神、一個抿嘴、一個噴嚏，情人就能知曉你心中的意念。

但可惜，不管是默契多麼熟練的戀愛，很多話若不說出口，對方一輩子也不會明白。

更可能，對方不會與你有那一輩子。

強大的自尊或許會贏得遙不可及的愛情，過剩的自尊卻會失去觸手可及的愛情。

「該進場了。」文姿伸出手，笑笑。

阿克輕輕拉起文姿。

一直不敢牽起文姿小手的他，總算把握住甜蜜的縫隙。

6.4

動力火車有首歌叫「忠孝東路走九遍」。

小雪雖然沒有真的在忠孝東路走九遍，但她已經從忠孝東路走到和平東路，又從和平東路走到敦化南路，現在踏在哪一條路上，她已累得不清楚。

已經凌晨兩點了，阿克還沒回來。

小雪手裡緊緊握著一只火柴盒，但夜晚警車巡邏的頻率增加了，郵筒附近所裝設的社區監視器也多了起來，小雪只好一直走著，走到最後，連最初的目的都忘記了。

小雪沒忘記自己有病，但一個人沉溺在特殊情緒時，總會去做某件特殊的事。

例如日本漫畫家富堅義博在瀕臨瘋狂的時候交草稿恐嚇讀者，例如藝人在瀕臨瘋狂的時候會去參選立法委員。又例如阿克，他在心情大好或心情沉悶時會去打擊場練棒球，所以小雪並不覺得自己的情況多特殊。

每個人或多或少都有些瘋狂特質，瘋狂行為照映著靈魂最深沉的光澤。

情緒低落時，小雪會做兩件事排遣快要失控的心情，其中一件就是燒郵筒。

或許精神科醫生會解釋，這是憂鬱症的一種典型。

但小雪堅信就像她所說的，那是一種缺乏幸福的病。

缺乏幸福，就會過度依賴，過度依賴，卻又會失去幸福。

「不開機不開機不開機，一定是跟照片裡的女生約會。」小雪嘟著嘴蹲在路邊。

小雪清楚自己很依賴阿克，那種從倚賴而生的幸福感讓她無法離開這個與她莫名邂逅的大男孩。那幸福的滋味遠遠超過小雪對他的喜歡，這是一種除非親身經歷過，否則很難跟第三人表達的感覺。

什麼樣的男人，在面對可愛女生毫無保留的倒追時，還能堅守自己的愛情信仰？

什麼樣的男人，在與可愛女生的同居日子裡，居然不會動起歪念毛手毛腳？

但阿克沒有特別堅持，很自然就辦到了以上兩點，這與小雪生命遭逢過的每個男人都不一樣，很不一樣。

小雪篤定阿克就是真命天子。雖然不論她回到地下道幾次，都找不到那個預言在她生日當天真命天子會降臨的那位塔羅牌算命師。

深夜的街道，卻沒有深夜該有的寧靜。

幾個小混混在馬路上來回操練吊孤輪的技術，尖叫嬉鬧。

小雪的手機鈴聲終於響起，來電顯示是阿克。

小雪微笑。這個微笑有些辛苦。

「妳今天回妳自己那邊睡嗎？」阿克劈頭就問。

「關心我嗎？希望我回你那邊睡嗎？」小雪使點小性子。

「我剛剛回來，看妳不在擔心而已，既然妳沒事就好啦！我要去睡了。」阿克說，就要掛上電話。

阿克的聲音聽起來不是很疲憊，約會的氣氛顯然不錯。這讓小雪更吃醋了。

「不行，我現在人在敦南誠品附近，阿克，你來接我。」小雪說。

「不會吧？這麼晚跑去那邊做什麼？看書？」阿克納悶。

「看飛車吊孤輪特技啊！等一下還有嗑搖頭丸耍西瓜刀的表演，剛剛援助交際促進會還走過來要我填表加入，喂，你到底過不過來接我？」小雪故意誇大。

「是不是唬爛我啊？」阿克打呵欠。

小雪將手機話筒朝向馬路，讓拔掉消音器的機車飆速聲，傳進電話裡。

「我今天轉到了七個技安才抽到小叮噹，運氣一定是大凶，有幾個看起來壞壞又色色的人已經在看我了，好危險喔！」小雪故意這麼說。

「敗給妳了，妳別亂跑也別亂看，進去誠品看點書或喝咖啡都好，我去找妳。」阿克雖然語氣有些無奈，此時此刻的他，卻也真想找個人聊聊。

「等你。」小雪掛上電話。

十分鐘後，阿克就搭著計程車來到敦南誠品。

阿克就是這樣令人放心。

6.5

誠品二樓的咖啡店裡。

「你看起來很累。」小雪說，吃著小蛋糕。

「嗯，還好後來約會很順利，不然心情一定調適不過來。」阿克的下巴杵著桌面。

阿克簡單將今天首次到外面推銷電腦的過程說了一遍，挫敗感表露無遺。

「那個女孩真幸福，可以讓阿克一百八十度轉變。有句話說，愛一個人，偶爾就要做些自己不願意做的事。」小雪說，回想自己生命裡的每個男人，通通不及格。

「嗯。」阿克不置可否。

「對了，那天你說到的必殺技沒用嗎？」小雪又問。

「好像沒想像中那麼有用啊，我也不清楚為什麼，畢竟才第一天，也許是運氣不好吧！」阿克喝著果汁。

「會越來越好的。」小雪捏著阿克僵硬的肩膀，阿克也累到不想拒絕。

「希望是這樣啊！其實一直被拒絕，也讓我看到更多關於產品銷售的盲點，每個買主考量的要素都不太一樣，比如價格、師資、維修、軟體共通性、後續服務等等，我必須想辦法了解每個買主的疑問，才能想出解決的方法，這些我沒有事先做過市場調查，所以直接上陣碰到困難是正常的，其實那些問題都有解答，只是我還沒準備好。」阿克反省：「但即使知道失敗很合乎邏輯，我一想到會輸給那個法老王就覺得超嘔。」

阿克當然跟小雪說過，與孟學在跑車上不愉快的對話。

小雪的心裡一直很羨慕那個照片裡的女孩，能夠吸引這樣的男孩為她不斷努力著，甚至改變自己面對人生的方式。

「要不要小雪陪你去跑業務？」小雪問，眼睛閃閃發亮。

「免了。」阿克斬釘截鐵拒絕。

「心情指數？」小雪將湯匙遞在阿克面前，假裝是麥克風。

「負一百。」阿克隨口說道。

此刻的他應該是倒在床上或地上呼呼大睡，而不是耗在二十四小時不眠不休的敦南誠品。

「去打擊場？」小雪提議。

「這麼晚了哪來的打擊場？事先又沒跟我那鎖門的朋友說。」阿克看著小雪，這妖怪怎麼永遠都不會累的樣子？

「那我們去燒郵筒吧！燒郵筒跟打擊練習不一樣，越晚越可以做。」小雪神祕兮兮地附在阿克耳朵旁說。

「燒郵筒？」阿克怔了一下，然後倒吸一口涼氣。

小雪興奮點點頭，從口袋裡掏出一只壓扁了的火柴盒。

阿克完全傻眼。那表情就跟一個整天夢想與外星人見面的科學家，最後居然真見到了外星人一樣。這就是夢想跟理想之間最大的不同。

「妳就是郵筒怪客？」阿克緊張地說，刻意壓低了聲音。

小雪滿不在乎地點點頭，好像燒郵筒沒什麼不對，天公地道似的。

阿克張大嘴巴，小雪牽起阿克的手。

6.6

阿克與小雪走在大馬路上，兩人打算就這麼走回和平東路三段麟光站的租屋。

阿克心中的團團疑問，也足夠支撐這麼一大段的距離。

「燒郵筒很講究天分嗎？還是只要有心，人人都可以燒郵筒？」阿克開玩笑問。

「燒郵筒又不是適合每個人，就像揮棒也只適合阿克跟我啊。」小雪比出勝利手勢。

阿克看著小雪清秀的臉龐，她一定是漫畫《潮與虎》裡的九尾狐「白面者」那個等級的大妖怪，可愛的外表底下，不知還藏著多少驚人的把戲。

「如果我問妳為何燒郵筒，答案該不會也只是燒郵筒很適合妳吧？」阿克笑笑。

「故事太長就不好聽了，尤其是讓人快樂不起來的故事。」小雪說。

「嗯，那就別說了。」阿克也沒有不高興，每個人總有不想說的事。

小雪停下腳步，伸出手。

「衝蝦小？」阿克不解。

「牽我。」小雪嘟起嘴巴。

小雪似乎迷上了，用這個萬用表情跟阿克相處。

「不要。」阿克斷然拒絕。

「牽我，我就講為什麼燒郵筒的故事給你聽。」小雪晃著手，笑嘻嘻。

「什麼故事那麼好聽，一定要牽妳才肯講，我可以不聽啊！」阿克感到好笑。

雖然他對這位郵筒怪客感到好奇很久，也胡亂猜測過燒郵筒的幾個可能理由，但既然知道了郵筒怪客就是小雪，彷彿再怎麼離奇的事，突然之間都變得很合理似的。

「超好聽。」小雪裝出很可惜的表情。

阿克無奈，牽起小雪。

小雪的手軟軟滑滑的，十指交合，一種奇妙又舒服的觸感讓阿克好奇地捏了又捏。

幾個小時前，阿克與文姿漫步時雙手曖昧地碰了幾下，弄得阿克全身燥熱呼吸急促，但就是不敢真正握住文姿的手。

而現在，阿克卻毫無罣礙地牽起小雪，讚嘆女生的手真是上帝最美妙的設計之一。

「真好握，應該去賣女生的手的，一定賺死。」阿克開始後悔沒鼓起勇氣握緊文姿的手。

小雪的臉卻紅了，幸好阿克只是還沉浸在美好的觸感裡，沒有發現。

「說啊！」阿克提醒，雖然小雪不說，他也真不想放開。

「他是我錯過的，第一個好球。」小雪輕輕咬著下嘴唇。

6.7

還記得我跟你說過，我第一任男朋友是我的高中老師吧？

他有張清秀的臉龐，喜歡穿燙得筆挺的襯衫，鬍子總是刮得乾乾淨淨，笑起來斯斯文文的，跟阿克不一樣。

可惜，他除了擁有我之外，還有個老婆，和一個兩歲大的兒子。

別用那麼驚訝的表情看我，事情爆發時學校更驚訝，幾乎要立刻將我退學。

事情發生得很突然，他沒跟我討論就在第一時間辭職了，要我好好待在學校繼續唸書，不要受到這件事的影響，學校也因為他的果斷處理沒將我退學。

他說，他要帶著老婆跟兒子，到沒有人認識他們的東部重新開始。也許是宜蘭，也許是花蓮，總之離這座城市越遠越好。

我沒有怪他，因為他從來沒隱瞞過我他有老婆孩子的事實。

我只是想跟他在一起，這個理由就跟所有第三者用的藉口一模一樣，但這個藉口卻無比真實。每天放學後，跟他一起牽手逛街、吃飯、喝咖啡、看電影，是我高中最快樂的時光。

對這段愛情的愕然結束，我不後悔，因為他是上帝投給我的一個大好球，只是我的棒子還握不穩，呆呆的，就這麼看著他走，一句話也捨不得說出口留他。

當時我年紀小，但我已隱隱感覺到，女人只要一開口留住男人，就是這女人最不討喜的時候，完全失去讓男人留戀的曖昧空間。我要他記住我，在抹消不去的記憶裡繼續喜歡我，那樣已足夠。

他走之前，打了通電話給我，讓我很開心。他說雖然分手已成定局，但會每個月寄信給我，告訴我他經歷的生活，讓我知道他的人生已鑲嵌了我的永恆存在。

可是，我從來沒有接到他任何一封信。

我每天都在等待，每天都站在郵箱前發呆。日子一天天過去，每次我經過郵筒前，都會忍不住幻想，當他路過郵筒時，會不會想起應允過我的事。如果沒有想起，當初為什麼要說那句話讓我期待。如果想起，又為什麼不做？

我想，他說了個善良的謊。

但我一直沒有搬家，因為我怕他突然寄信給我，我卻收不到。期待只要一有了起點，就很難親手結束。

你說，也許他是要忘了我，才能真正重新開始生活吧？

我想也是。

但我呢？我生病了。

只要我心情不好，全身陷落在深不見底的黑洞裡，我就會嫉妒那些可以靠寫信傳遞思念、傳遞愛的情侶。我感到絕望，感到很強很強的妒恨，所以我將那股妒恨的火焰丟進郵筒裡，將那些信件燒得精光，讓那些情侶的心意化成灰，無法傳遞。

6.8

「很惡劣吧？」小雪笑笑。

「簡直是流氓啊！」阿克失笑，原來是這麼一回事。

「不知道警察什麼時候會逮住我。」小雪摸著下巴。

「答應我不可以再犯了，那可是公共危險罪，而且要是燒掉了重要的文件對別人就很困擾了，例如外遇老公給老婆道歉的信、婚喪喜慶的帖子，還是存證信函等等，知道嗎？」阿克認真地說，他可不想小雪被關起來。

「那你親我一下。」小雪閉上眼睛。

「衝蝦小要親妳一下？」阿克停下腳步。

「又不是沒親過，我生病時還偷偷親過你一下呢！」小雪持續閉著眼睛。

「是不是親一下就不會再犯了？」阿克問，心中已有盤算。

對付文姿，阿克毫無辦法，戰戰兢兢深怕犯錯。

然而面對行為變幻莫測、但有話直說的小雪妖怪，阿克已有心得。

「嗯。」小雪點點頭，眼睛還是緊閉。

小雪甚至惦起腳尖。

阿克用手指迅速在小雪的嘴唇上輕輕一壓，手立刻伸回，假裝撥弄頭髮。

小雪睜開眼睛，皺著眉頭，好像不太滿意。

「好快，根本就是咻一下就沒了。」小雪抱怨。

「總之答應了就要做到。」阿克牽著小雪。

夜很深很濃，兩人的手晃上晃下，像小學生去遠足一樣。

「小雪，記得妳第一天晚上硬到我那裡住的時候，說過妳的人生狀態用棒球的術語比喻的話，就是兩好三壞滿球數，剛剛妳只提到一個好球，其他的一好三壞又是什麼？」

「第一個壞球是我爸爸跟我媽媽離婚，第二個壞球是最疼我的媽媽生病過世，第三個壞球當然要屬跟我分手的前男友，跟他在一起完全是個錯誤，他是個大壞蛋。這些壞球都是我人生的負數，害我一直跟幸福絕緣。」小雪屈指數著。

「那第二個好球呢？」阿克問。

「第二個好球，嘻嘻，是高中時有一個條件很不錯的學長在追我，可是我比較喜歡我那個老師啊！在當時的我看來，成熟男人發出的魅力可是小夥子怎麼也比不上的。」小雪幽幽回憶：「後來師生戀爆發，學長還癡情地在一旁安慰我，說會等我，可惜我當時太自溺於失戀的酸苦，根本就無視他的存在。」

「所以學長最後也變心了？」阿克問，小雪點點頭。

「吃醋嗎？」小雪笑。

「吃大頭鬼啦！」阿克笑。

兩人就這麼牽手聊著，走過坡心跟六張犁。

就快到麟光的家了，阿克心裡還真捨不得放手。

「小雪，女生的手都這麼好握嗎？」阿克索性開口。

「認明小雪的手才有品質保證啦！」小雪樂不可支。

那天晚上，小雪躺在床上，阿克依舊睡在硬硬的和式地板。

但兩個人的手卻輕輕勾著，一直都沒放開過。

六局下

6.9

接下來的幾天，阿克到學校與中小企業推銷蘋果電腦的進度，還是一籌莫展。

阿克感覺到的無力感，比銷售不出去的壓力還要來得強烈，硬要比喻的話，大概就是連續揮五十次空棒的滋味，那還不如敲個沖天砲被外野手輕鬆接殺來得爽快。

如果孟學用工作效率不彰為由要求店長解雇他，阿克就能夠從自我制約的困局裡解脫，那也未嘗不是好事。可是阿克每天從賣場整裝出發時，孟學不過是微笑看看阿克，說幾句「工蜂就是要多磨練才會把巢築好」這種機掰話，偏偏阿克又無法反駁。

至於文姿，情況就更尷尬了。

文姿負責的冷氣專案進行得非常成功，賣場甚至繼續進貨延續案子，這讓阿克更感壓力，有時在公司裡看見文姿在附近，阿克會下意識地躲到廁所洗臉，免得文姿過度的關心讓他心情更糟。

阿克從來沒想過，自己或許是那種無法面對責任，不成熟的男人。

更沒想過，自己成為不了那種成功男人時，竟讓自己這麼不快樂。

「有沒有消災解厄咖啡啊?來一杯。」

中午休息，阿克獨自坐在等一個人咖啡店的櫃台前，看起來就是一副亟需消災解厄的愁容。

「小雪呢?」阿不思問。

阿克與小雪偶爾在下班後會約到店裡吃東西，小雪與阿不思還挺有話聊的，所以阿不思約略知曉阿克在做些什麼，是個什麼樣的人。

「當然在水族店打工。」阿克應道，自己倒了杯冰開水。

阿不思當著阿克的面，用剪刀劃開咖啡隨沖即溶包，倒進熱水攪拌，就這麼將熱咖啡放在阿克前。

「這就是消災解厄特調?」阿克苦笑，將注滿冰開水的玻璃杯貼緊額頭降火。

「看你這副衰樣，想也知道喝一杯咖啡能消什麼災?」阿不思自顧自烘焙著豆子，淡淡地說：「既然不能，喝什麼都一樣。」

阿克苦悶地看著眼前的即溶咖啡，不發一語。

今天早上跑了兩間國小都失敗了，而且是連解說都還沒開始，就被總務主任給請出學校，理由是根本沒有經費也沒師資整頓電腦教室。

「還是你要加顆蛋?我請客。」阿不思也不囉唆，滾了一粒雞蛋到阿克面前。

「不了。」阿克把玩著雞蛋。

大中午的，咖啡店裡幾個忙裡偷閒的上班族邊吃午餐邊翻雜誌，一個女保險業務員專業地替客戶規劃投資型保單，一個汽車業務與客戶稱兄道弟地談笑，更顯得業務生手阿克的落寞。

「我朋友在一間國中當訓導主任，最近他們學校的電腦教室經費剛剛下來，電腦教室也是他兼管。」阿不思突然開口。

阿克睜大眼睛，隨即氣餒地趴在櫃台上。

「沒用的，我超廢。」阿克自暴自棄地說。

「打棒球的，如果遇到平成怪物維尼熊松阪大輔投球，可以放棄不打嗎?」阿不思點了根菸。

「就算三振我也要揮棒。」阿克說，才不讓松阪瞧不起他。

「那不就對了。」阿不思看著懸掛在店牆上的一張大照片。

阿克怔了一下。

手機鈴聲響起。

「阿克，在錄這段語音鈴聲時，我突然想到一個問題，星爺那部齊天大聖東遊記裡，紫霞仙子說過，誰可以拔出她的寶劍就是她的真命天子，阿克，我們之間的那把寶劍是什麼呢？」是小雪的語音鈴聲。

阿克接起手機。

「下午老闆喝喜酒，我突然放假囉！」小雪在電話另一頭，語氣輕快急促，好像邊走路邊說話。

「喔，真羨慕，好好休息吧。」阿克應道。

「所以我決定了！」小雪語氣越來越亢奮。

「決定蝦小？」阿克拿起冰玻璃杯沁著額頭。

「決定讓你求我跟你一起去跑業務啊！」小雪笑嘻嘻地說。

自動門叮咚打開的聲音，阿克動物直覺地往後一看。

小雪笑著站在門邊，用力揮揮手。

「求妳個大頭鬼啦！」阿克大聲說，但他竟感到意外的輕鬆。

「我是專門中繼阿克的救援投手喔！」小雪燦爛的笑容。

6.10

兩人搭公車來到某國中的時候，剛好是午休時間。

全校靜悄悄的，只有一個男人低著身，在大太陽下的操場邊緣快速溜著直排輪，鞋底摩擦的咯咯聲略嫌刺耳。男人不斷劃過一圈又一圈，速度越來越快。

這裡原本就是位置偏市郊的小學校，空氣顯得格外清幽，配上幾聲蟬鳴，即使太陽兀自高懸，竟有種快入秋的錯覺。

小雪並沒有跟著阿克進訓導處去，阿克至少堅持這點。小雪也沒耍白目。

「結束後我打手機給妳，妳自己亂晃吧。」阿克說，接過小雪幫忙揹的包包。

小雪蹦蹦跳跳離開，她天生不喜歡訓導處。

阿克獨自走進訓導處，但訓導處空無一人，阿克趁空檔趕緊將桌上型蘋果電腦擺在茶几上插電啟動，並將一張張ＤＭ依介紹次序整理好。

過不久，午休結束鐘響，許多國中生脫韁野馬般抱著籃球衝到操場，大吼大叫的，氣氛一下子回到酷熱的夏天。

「你一定是阿不思的朋友吧？對不起久等了！」

一個全身穿戴直排輪護具的男人從門口走進來，臉上掛著比陽光還耀眼的笑容。

原來剛剛那個在操場溜冰的人就是阿不思的朋友，也就是我今天要說服的對象，阿克心想。

「你好，我叫阿克，是電子賣場的業務，現在負責蘋果電腦的部分，請多多指教。」阿克緊張站起，伸出手。

「我叫阿拓❶，不要太客氣啊！」阿拓笑笑與阿克握手，隨即滿身大汗坐下，拆卸起身上的護具。

阿拓爽朗的聲音讓阿克緊繃的情緒鬆懈不少。

「阿不思應該跟你說過了，我們學校小，不過電腦教室的經費總算是撥下來了，之前我們有大概二十台阿公級的舊電腦，硬碟小不拉嘰的，是應該換了，你就說說你的想法吧。」阿拓反而開門見山，好奇地把玩起阿克擺出的iMac。

阿克抖擻精神，開始介紹。

❶阿拓：愛九把刀系列《等一個人咖啡》男主角。

6.11

電子賣場的辦公室裡，文姿的電腦螢幕上都是蘋果電腦在網路上的英文資訊，尤其是最新商品iPod-Nano的動向。

文姿另外開了個文書視窗簡單地翻譯，印表機不斷將網上資訊列印出來。整理了好幾天，文姿祈禱阿克能夠接受她主動幫忙的好意，不要覺得困窘。

「為什麼幫阿克？」

孟學從身後走來，將一杯熱咖啡放在文姿桌上。

「我喜歡幫他。」文姿回答得很快，頭也不回。

「阿克也真窩囊，連喜歡他的女孩子都看不起他。」孟學故意說道。

「……」文姿。

「不反駁嗎？」孟學欣賞著文姿幾乎完美的側面。

「阿克的幹勁不適合用在現實社會的競賽場，我喜歡幫他，是因為不想他在不適合他的地方花心思，變成另一個人。」文姿直截了當。

「那麼阿克的幹勁，應該通通拿去打棒球、看棒球囉？」孟學嘲諷，一手撐著背後的櫃子，一手拿著熱咖啡。

「那也沒什麼不好。」文姿並沒有生氣，反而有些若有所思。

「真難纏。」孟學苦笑。

文姿喝了一口咖啡，放下。

「阿克那小子有什麼好，我就是不懂。」孟學的語氣帶點酸澀，帶點不知所以然的自信。

「你一直叫他工蜂工蜂的，怎麼可能懂。」文姿沒有回頭，繼續翻譯著。

「其實，我也不是真的看不起那個小子，反而還很怕他。」孟學捧著咖啡。

文姿失笑，停下了手邊的翻譯。這倒引起了她的興趣。

「像你這樣的大少爺，怎麼會去怕阿克那樣平凡無奇的人？」文姿也捧起咖啡，將椅子轉向孟學。

「因為怕妳被搶走啊！」孟學故作輕鬆。

文姿沒有特別的反應，因為自從生日那天的告白後，孟學三天兩頭就重複一次我有多愛妳之類的話，聽都聽到麻痹了。

「以前，我是個自尊心強過一切事物的人，直到認識妳之後我才明白，自尊心原來是多麼空虛的包裝。」孟學的背靠在身後的櫃子，咖啡上的蒸氣霧滿了眼鏡。

「你倒是很有自知之明嘛！如果你將自尊心分給全台灣，這座小島大概就不會有自卑的人了吧？」文姿笑道。

雖然孟學這番話聽在文姿心裡頭不免有些感動，但不說笑打混過去，她也不知道該怎麼回應。

其實孟學在正式告白之前，就已經釋放了兩年的戀愛訊息給文姿，只是文姿都刻意忽略。

這兩個人都在拼命證明自己。

孟學為了向所有人證明自己的能力不須倚靠優秀的家世背景，他可以硬窩在這小小賣場當一個品管經理三年。文姿為了向自己證明她可以不倚賴男人就能活得出色，她完全沒考慮過接受孟學的感情。無論孟學如何證明他對她的喜歡，孟學對文姿來說，從來就不是選項。

「所以我對阿克說了謊。」孟學微笑，看著文姿漸漸吃驚的表情。

「那天早上我開車送阿克回去，當時我心情沮喪透了，所以我騙他妳已經答應了我的表白，但前提是我要當上台北地區的總經理，要不然妳會沒有安全感，因為妳不想跟沒有能力的男人在一起。我想，這無疑是那隻工蜂最近企圖心超強的原因吧！」孟學一口氣說完，卻沒有歉疚的表情。

「謝、孟、學，為什麼你要這麼做？」文姿內心的憤怒溢於言表。

「那還用說？當然是因為害怕失去妳，害怕到自尊都可以自己踩在地上，害怕到對工蜂說謊。」孟學的語氣很平淡，繼續說：「喜歡妳，自尊才有價值，沒有妳，自尊不再有意義。」

「你不怕我跟阿克解釋根本沒這回事？」文姿的手氣得顫抖，咖啡差點濺出來。

「不怕。」孟學直說。

「不怕？」文姿瞪著孟學。

「難道妳不想知道，阿克這隻工蜂可以為妳犧牲奉獻到什麼地步嗎？還是他根本很脆弱，即使為了妳，也不願想辦法讓自己強大起來？一個不懂放棄的男人不可能可愛，太容易放棄的男人又絕不可靠。」孟學莞爾。

文姿怔住，完全無法判斷眼前的狀況。

孟學對她的喜歡、聰明的語言策略，都跟他的自尊並駕齊驅。

「我不懂，你為什麼要跟我說？就算我不向阿克解釋，我也可能討厭你不是？」文姿試著冷靜下來，觀察眼前這個看似高大、卻願意渺小的男人。

「理由有兩個，我跟妳坦白，是因為妳是我唯一不想說謊的人，這是原因一。」孟學自承的模樣很優雅，顯然也是演練再三。

孟學接過文姿手中的咖啡，走到門邊：「原因二，勉強的事都不長久，強摘的瓜不會甜。

如果妳因此討厭我，那也是因為我的人格因為愛妳而有了缺陷，那還不如不要在一起，雖然我會一直修補我所有的缺點，直到我成為一個可以贏過工蜂的男人。」

文姿的心被重重敲了一下。

「輕鬆點，阿克做事沒有動力，跟他在一起沒有前途，給他目標刺激一下，我想也沒有什麼壞處。」孟學一派輕鬆。

「我不是要找一個有前途的男人，這樣的人我身邊多的是。」文姿瞪著他。

「咖啡冷了，我再幫妳沖杯新的。」孟學笑笑沒有反駁，走出辦公室。

6.12

兩個小時過去，阿克還在訓導處裡跟阿拓解釋蘋果電腦的硬體，與專用的作業系統。

這是阿克從沒經歷過的長熬，因為這位年輕的訓導主任很喜歡發問、實際操作，甚至還酷愛裝熟，不過這也讓阿克得以使出渾身解數，並記下阿拓提出的各式各樣古怪問題。

「嗯，蘋果的新系統很好，甚至絕對比較好也是肯定的。」阿拓拍拍阿克的肩膀：「不過你一定還有必殺技吧？」

「沒錯，許多電腦病毒都是針對最多人使用的作業系統設計的，一旦電腦中毒，什麼事也做不了，資料被洗掉就更糟糕了，以學校來說成績紀錄被洗掉就是個災難。我們的作業系統雖然比較少人使用，不過電腦病毒非常稀少，要中毒實在不是普通幸運，加上我們有完善的防火牆、最紮實的Unix系統，一定可以省下學校購買防毒軟體高昂的固定費用，所以……所以更換舊系統有必要！」阿克拼命擊出。

「不錯喔！果然是必殺技，我一定會認真考慮的。」阿拓點點頭，笑著。

阿克的表情仍舊停留在剛剛的笑容，但心中卻失望透頂。

原來這兩個小時的努力，還是只能換來「再考慮」。

阿克笑笑收拾好東西，讓阿拓送他走出訓導處。

「三天內跟你連絡，不管要不要下訂。」阿拓豎起大拇指。

「沒問題。」阿克禮貌地鞠躬。

阿克東張西望，看不到小雪的蹤影。

這也是正常的吧，都過了兩個小時，就算小雪又像每天早上那樣憑空消失也不奇怪，畢竟人家是妖怪嘛！

阿克正要拿起手機召喚小雪妖怪時，一顆棒球急速朝自己的頭頂直撲而下。

越是接近笨蛋的人越有動物直覺，阿克彷彿是嗅到棒球縫線上的氣味，不閃不避，一掌瞬間將球徒手接住。

「咦？」阿克傻眼。

操場上一群正在上體育課打棒球的小夥子全看著自己，一個身穿便服的女孩高高舉起雙手，開心地向阿克打招呼。

「阿克！打～棒～球～」小雪雙手靠在臉頰邊大叫，場上所有學生都看向阿克。

阿克當然興奮起來，自從畢業後他就沒打過棒球比賽了，這年頭要湊兩隊打球比什麼都難。

阿克立刻丟下背包與電腦，衝到小雪身旁。

「阿克，第九局了，我們這一隊已經落後兩分又兩人出局了，快來救我們吧！」小雪說。

「投手，敢不敢換代打啊！」阿克故意大喊，但雙手可是技癢得直接拿起球棒。

「誰來都一樣啦，三振死你！」投手臭屁叫陣。

阿克鬥志高昂地舉起棒子，全身彷彿被金黃色的鬥氣包圍。

投手在小丘上睥睨著，嘴裡嚼著泡泡糖。

小雪看著表情充滿殺氣的阿克，差點忘記這個人跟在打擊練習場，揮出無數次三振的那個阿克是同一隻。

「小雪，還記得我說過的話嗎？」阿克高高舉起棒子。

投手也高高舉起手套，腳抬起，揚起土黃塵沙。

「記得什麼？」小雪在後面發問。

「別盯著球。」阿克深呼吸。

投手側身猛力一擲，球快速襲向打擊區。

「要看著投手的眼睛！」阿克大喝。

接著，是球心完全被命中的結實轟擊聲。

鏘！

投手目瞪口呆，脖子漸漸上仰。

阿克笑嘻嘻將球棒遞給小雪，指著天空漸漸變成細小白點的飛球。

飛球最後下墜到訓導處前，滾到主任阿拓的腳邊。

「全壘打。」阿克哈哈大笑，像個頑童似跑了球場一圈。

投手氣得壓低帽緣，他怎麼可能知道阿克常常跟時速一百四的投球機決勝負，而自己最快的球速不過一百初。

阿拓撿起球，笑笑丟回場內。

「這年輕人的熱情，看來是真的。難怪阿不思會叫他過來。」阿拓自言自語。

業務員大部分都是說一套做半套，有交易才有交情，沒有投注熱情的事物很難引起阿拓的共鳴。但只要從心底散發真誠，阿拓就會深受感動。他就是這種人。

打擊換上小雪，投手還是一臉不屑。

「打爆他！」阿克在後面大叫。

「打爆他！」小雪也大叫，但揮了一個大空棒。

投手吹起泡泡，接過捕手傳來的球。

「小雪，眼睛。」阿克提醒，還是堅持那一套熱血的對決論。

「我知道，這不是棒子跟球的對決。」小雪吐吐舌頭：「而是投手跟打者的勝負。」

在胡扯些什麼啊?投手心中碎碎唸道，不耐煩地投出第二球。

是一個偏低的壞球。小雪棒子仍舊用力揮出，居然擊中球的上緣，球砸中地面，往三壘方向滾去。

「快跑！」阿克大叫，小雪樂不可支地衝向一壘。

三壘手趨前拾起滾地球，但畢竟只是體育課等級的棒球比賽，三壘手往一壘快傳時居然丟了一個高飛球，球越過一壘手的頭頂半公尺，是一個超級大失誤。

藉著失誤，小雪輕輕鬆鬆跑上二壘，興奮得不得了。

阿克正想大聲喝采回應時，卻有人拍著他的肩膀。

一回頭，是阿拓訓導主任。

「阿克，你能請蘋果公司提供師資，為我們學校老師上幾堂簡單的課程嗎？」阿拓看起來很熱情，主動伸出手。

「當然沒問題！」阿克傻眼，握住阿拓的手。

「那麼，就請你準備二十台基本款的iMac吧。」阿拓說，又拍拍阿克的肩膀。

「完全沒問題！請交給我了，我一定會盡力爭取最大的折扣！」阿克驚喜交集。

「如果售後服務都跟你說的一樣，我還會介紹別的學校用用看蘋果，看你的囉！加油。」阿拓笑笑，他的笑總能鼓舞任何人。

第一筆業務成果，就這麼在一支全壘打、加半支二壘安打中誕生了。

227 **愛情**

兩好三壞。

七局上

7.1

有了幸運的起點，整個城市的空氣頓時輕飄飄起來。

人行道上，兩個瞎玩得很起勁的男孩女孩。

「時速一百五十公里的快速直球！」阿克大叫，手裡虛抓著一團空氣丟出。

「鏘！」小雪自己配音，雙手握著假想的球棒用力一揮，看著天空。

阿克看著天空，脖子移動假裝看球飛行路線。

「不會吧？是個超級界外球。」阿克搖搖頭。

「哪是！明明就是全壘打。」小雪堅持。

「界外球。」阿克故意裝認真。

「全壘打！」小雪裝生氣。

「全壘打就全壘打。」阿克兩手一攤。

「走！我們去慶祝這支全壘打！」小雪伸出手。

「去哪慶祝?」阿克也沒避嫌，就這麼握住小雪的手。

嚐過女孩掌心的溫柔觸感，很難再抗拒。

「等一個人咖啡?」小雪提議，搖晃著阿克的手。

「這幾天三不五時就去那裡，還是找別間探險吧?」阿克否決。

兩人正好看見一間新開幕的日本料理店。

料理店的名稱取得很搶眼，叫「幻之絕技」，用紅色的狂草體寫在白色招牌上，「保證超新鮮」五個小字附註一旁，「超」字寫得格外動感。

阿克與小雪探頭進去看，店裡似乎沒什麼人，也沒開冷氣，吊在天花板的日光燈還忽明忽滅，只有一個正在看電視的廚師，廚師打盹著。

「沒什麼人，應該很難吃吧?」小雪皺著眉頭。

「你沒看過少林足球嗎?真正大師都是深藏不露的，敢把店名取作幻之絕技，一定很有一套。」阿克躍躍欲試:「妳看，整間店裡只有一張桌子，一定是走精緻服務路線，再不進去就被別人坐走了。」

兩人就這麼進去「幻之絕技」。

店裡，胖胖的廚師睡眼惺忪看著阿克與小雪，滿不在乎地將菜單丟到兩人面前，繼續看他的電視。

兩人這才發現廚師正在看的不是普通電視節目，而是鎖碼台彩虹頻道，螢幕上三男一女正在妖精打架，這就叫七手八腳。

「果然是大師風範，絲毫不被旁人影響，不動如山。」阿克心裡暗暗佩服。

阿克低頭看菜單，更是讚到五體投地。

超勤勞握壽司、超涼薄荷牛肉片、超新鮮生魚片、超快速披薩、超營養綜合快炒、超濃巧克力情侶小火鍋等，以及一堆飲料名稱，全都是超字輩的料理。

「阿克你看，陳美鳳耶！」小雪指著牆上懸掛的宣傳大照片，試著不理會電視上的鶯鶯喘叫聲。

陳美鳳與胖胖廚師偌大的合照掛在牆上，看來這廚師同時也是老闆的身分。

宣傳照片裡的老闆似乎正偷看陳美鳳深陷的乳溝，而陳美鳳瞪大眼睛豎起大拇指，表情好像許多豐富的滋味一起萌在心頭似的，照片下的介紹，則寫著美鳳有約跟節目播映的日期。

不過店裡還懸著一張龍紋匾額，匾額比照片顯眼多了，上面寫著「羊入虎口」四個歪歪斜斜的大字，字雖然稍醜、卻散發出一股難以言喻的狂霸魄力，落款則寫著「哈棒老大」。

「想吃什麼？」阿克問：「我想吃生魚片跟握壽司。」

「我要吃巧克力情侶小火鍋。」小雪當然這麼說。

兩人點了菜跟飲料，蓬頭垢面的老闆一言不發，卻起身走出店。

阿克與小雪不知道老闆出去做什麼，轉頭觀察，發現老闆晃動肥胖的身軀跨越馬路，走進對街的頂好超市，隔了五分鐘才提了兩大袋食材出來。

當著兩人的面，老闆毫無廉恥地將塑膠袋裡的東西倒在櫃台上，一瓶家庭號可樂、一尾死魚、一塊切好的鮭魚切片、一盆冷凍火鍋料、一把青菜、一粒大番茄、兩顆生雞蛋，還有一堆七七乳加巧克力。

阿克與小雪嘴巴張得很開、眼睛瞪得超大，完全不能接受眼前發生的事。

老闆在兩人面前點燃一個小火鍋，在很不透明的透明玻璃杯裡，倒好剛買的可樂。

「老闆，這些不都是你剛買的？」小雪忍不住發問。

「廢，不然怎麼保證超新鮮？」老闆挖著鼻屎。

「老闆這不對吧？你剛剛才到超商買的大罐可樂不過才五十元，怎麼價目表上要賣我們一百元？」阿克震驚，看著牆上的價目表。

「他賣我五十我再賣你五十，那我賺什麼？」老闆嫌惡地說：「開店就是要賺錢，難道做慈善事業？」

老闆將冷凍火鍋料的保鮮膜撕開，又說：「要吃什麼自己來，既然花了錢就不要客氣啊！錢就算丟進井裡都還會有噗咚一聲，東西要吃進肚子才會有超讚的感覺。」

兩人面面相覷，不曉得要不要摔火鍋出店。

7.2

老闆目不轉睛看著鎖碼頻道上的人狗大戰，雙手將已經被超市處理好的鮭魚片，剁成大小不一的零碎片塊，放在保麗龍盤子上遞給兩人。

「超新鮮生魚片？」小雪忍住笑意，她突然開始覺得這件事很KUSO、很好笑了。

「自己看，包裝上的保存期限到明天中午，現在還頂新鮮的吧？」老闆打了一個大呵欠，濃濃的口臭瞬殺了一隻飛在附近的蒼蠅，不偏不倚落在另一尾死魚的眼珠子上。

老闆伸手一彈，將昏厥的蒼蠅彈向阿克。

正驚訝超新鮮生魚片要價五百的阿克，雖然開始意識模糊，仍憑藉一流的動物直覺閃頭躲開。

「挑不挑食？」老闆拿起菜刀問。

「挑，挑得很。」小雪趕緊說。

「那就是不吃魚頭跟魚尾？沒關係，顧客至上嘛。」老闆的菜刀看起來很油膩，卻也鏽跡斑斑。

兩人猛點頭，老闆毫無遲疑將死魚頭跟魚尾剁掉丟垃圾桶，拿出他最常用的果汁機，將去頭去尾的魚屍丟進去，然後將那兩粒雞蛋隨手亂敲，讓蛋白蛋黃跟幾片蛋殼也唏哩呼嚕流了進去。

阿克還猜不透老闆是在做哪一道菜，老闆已將最後一把青菜與番茄放進果汁機後，按下「絞碎」鈕，果汁機登登登爆攪了起來，晃得厲害。

「老闆，你剛剛沒刮鱗片也沒去內臟耶，失敗。」小雪雙手在頭上劃了個叉。

「那妳會不會刮鱗片？去魚內臟？」老闆的鼻毛很長，長到都打結了。

「不會。」小雪，她剛剛忘了說魚骨頭也沒拔掉。

「妳不會我也不會，不這麼幹怎麼辦？總得有人負責才行吧。」老闆說得理直氣壯。

果汁機劇烈晃動了一分鐘後終於停下，老闆將裡頭味道跟顏色都令人抓狂的漿汁倒在一個鐵鍋裡，點火加熱。

「那是蝦小？」阿克咬著指甲。他已經忘記上次咬指甲是五歲、還是六歲。

「融匯了蔬菜、水果、蛋白質跟一堆DHA跟ABCDEFG的超營養綜合快炒，專治挑食的不乖小孩啦！一個禮拜吃一次，保證身體勇壯到比天天吃阿鈣、還要容易有健康的膝蓋。」老闆點了支菸抽著，一手拿著鍋鏟象徵性地炒著超營養漿汁。

濃稠的漿汁在高熱翻炒下，漸漸變成類似披薩的怪東西，聞起來卻出奇的不壞。

老闆將快炒用菜刀切成兩半，阿克一半，小雪一半。

「一人吃一半，感情不會散，有一種東西，叫幹砲，幹砲也要有高強體力嘛！」老闆說，抽著菸。

「謝謝老闆。」小雪一手摀著嘴，一手拍著阿克的肩膀。

老闆抖落菸蒂，大肆批評鎖碼頻道上的激情演出有多不專業，還說要是由他擔綱演出，保證效果猥褻十倍，什麼臭作鬼作遺作、淫獸都市、夜勤病棟的，通通被他比下去了。

「老闆，我們點的是巧克力火鍋吧？」阿克還是沒忘記眼前快滾起來的火鍋。

「差點忘了，瞧你餓的。」老闆猛然拍拍自己的腦袋。

老闆將幾條七七乳加巧克力的包裝剪開，一條條放進沸騰的火鍋裡。

小雪用筷子撥弄湯水裡的巧克力條，肚子裡祟動著無限笑意。

阿克深呼吸，顯然在調整自己快要火山爆發的情緒，然後用筷子夾起剛剛那絕對不新鮮的生魚片，放進沸騰的火鍋裡燙熟。

開玩笑，要我生吃剛剛從超商裡買出來的鮭魚片？阿克心中怒吼。

小雪也跟著阿克這麼做，這種生魚片吃起來恐怕會跑好幾趟醫院。

「一切都是幻覺啊！」阿克此時才領悟到這間店名為「幻之絕技」的奧義所在。

「是啊！真是世界奇妙物語啊！」小雪這才明白，牆壁上大照片裡的陳美鳳的表情原來不是醍醐灌頂，而是五味雜陳。

阿克與小雪就這麼燙著生魚片與火鍋料吃，畢竟煮熟了一切都好說，而且融化掉的七七乳加巧克力味道還真不壞。小雪甚至鼓起勇氣嚐了一口超營養快炒，坦白說還不致難以下嚥。

但誤闖進「幻之絕技」的兩人都絕口不提那尚未出現的「超勤勞握壽司」，以免打擾到聚精會神看鎖碼台的幻之老闆，害慘了自己。

「真的不說嗎？」小雪雙手附在阿克耳旁，壓低聲音。

「我一定不會想吃的。」阿克說，看著筷子上燙得雪白的魚肉，魚肉上還沾著黏糊的巧克力醬。

「可是你不想看看超勤勞握壽司有多勤勞嗎？」小雪好奇死了。

事實上阿克也難以抗拒，終於還是開口了。

於是十分鐘後，老闆勉為其難地展現他最得意的無雙絕技，從冰箱裡拿出一個木桶，木桶裡當然是冷冷又刀槍不入的硬醋飯。

「陳美鳳就是咬著我的超勤勞壽司時跟我拍照的，坦白說我這個人做菜馬馬虎虎，但說到握壽司我可是慢火細燉，勤能補拙。」老闆叼著菸說話，一邊說菸蒂就一直落在醋飯裡。

阿克與小雪看到這一幕，心中打定，死也不吃超勤勞壽司。

但既然花了錢，表演是非看完不可。

老闆東張西望，好像找不到他要的食料。

「媽的，剛剛把所有的魚肉都用光了，不得已，只好損失點讓你們吃我多年珍藏的好肉。」老闆從冰櫃裡扛出一塊肉，一塊光用看就覺得超硬漢的肉。

肉散發出的長久凍氣，讓坐在旁邊的小雪與阿克感到臉上一陣冰寒。

老闆拿起那把油膩菜刀一砍，居然發出清脆的鏗鏘聲，還飄起零星的金屬火花，真是場流焰四射的豪邁料理。

「那是什麼肉啊？」阿克目瞪口呆。

「這塊肉可了不起了，它同時是霜降牛肉、神戶牛肉、德國豬腳、雞腿、岡山羊肉、薑母鴨，反正這歹年冬沒有人會在意這些，哈哈，哈哈。」老闆奮力剁了剁，總算砍了幾片薄肉下來。

老闆隨手抓了一把冷醋飯，配上一片來歷不明的薄肉，就這麼捏了起來。

就這麼捏了起來……

一捏，五分鐘過去了，老闆坐在櫃台後的竹籐椅上看著鎖碼台發表政治性的評論，還不時要阿克與小雪提供一點時下年輕人的意見。

阿克與小雪盤算著奪門而逃的計畫，卻又忍不住打賭老闆會捏多久。

答案是十分鐘。

老闆終於累得停下來，將那握壽司放在兩人面前的保麗龍盤。

「握一個就要握很久，怎麼樣?不是蓋的吧？」老闆滿身大汗，說：「正所謂一分錢一分貨，就是這個道理。」

看著那泛黃的握壽司，阿克似乎能感覺到那握壽司，正發出無法估計的負面能量。

老闆的手汗、黑色的手垢、掉落的菸蒂、神祕的庫存肉片，還有那致命的體溫通通混在一起，以上提及的每一種成分，都可能是毒殺外星人的最佳武器。

吃不吃?

「不吃。」阿克跟小雪在桌子底下，手牽著手。

「不吃？還是得付錢啊！」老闆挖著鼻孔，叼著那根快燒到屁股的臭菸，一臉滿不在乎。

阿克用筷子戳著超勤勞握壽司，筷子隱隱一震，足見握壽司裡蘊藏了強大的邪惡內力，光是外表就瞬殺了所有的美食專家。

沒有別的選擇了。

「小雪，比賽進行到第九局，我隊還落後對方一分，二壘有人，無人出局，打擊者該怎麼辦？」阿克開口。

阿克的筷子停在半空中，凝而不發。

「打帶跑！」小雪大叫。

阿克對著老闆飛擲出筷子，老闆哇哇怪叫躲開，兩人立刻就往店外衝。

三分鐘後，路燈下，距離幻之絕技三百公尺的馬路旁。

「哈哈哈哈哈哈哈哈哈！」阿克笑得前俯後仰。

「真的好好笑好好笑！」小雪扶著路燈，笑到快岔了氣。

兩人在路燈下笑了好久，好不容易止住了笑，卻在一個眼神交錯中，又想起胖老闆一邊看A片一邊捏壽司的滑稽模樣，雙雙再度陷入無可抑遏的大笑中。

笑著笑著，兩人的手不知何時又牽了起來。

好像磁鐵，天生就彼此吸引著。

如果現在去轉扭蛋，一定是幸運的小叮噹吧！

「去哪?回去了嗎?」小雪說。

「今天還打得不過癮呢，再去揮個兩百球吧!」阿克躍躍欲試。

小雪的臉上浮出幸福的顏色。

7.3

接下來的幾天，阿克的蘋果電腦賣得稍有起色。

或許是託阿拓的福吧!幸運總需要一個起點。

「這是讓你參考的。」文姿趁阿克在賣場倉庫偷偷午睡的時候，將她蒐集了一個禮拜、去蕪存菁後的行銷成功案例，放在阿克身旁。

「這是?」阿克揉揉眼睛。

午覺結束後，他又要趕去幾間約好的出版社談案子。距離約定的時間越來越近了，銷售成績雖有起色，但距離讓孟學對他用敬語還差了好一大截。

「你知道iPod-Nano已經上市了嗎？我在想，如果你可以拍幾支宣傳用的短片放在網路上，配合我們賣場辦特賣，一定會很有效果。」文姿說，坐在阿克身旁。

這陣子她與阿克見面的時間少之又少，讓她有些悵然若失。也有些不安。

她很在意阿克傳到她手機裡無厘頭的簡訊越來越少，每次在賣場看見阿克，都是驚鴻一瞥。

「有道理，就跟無間道CD-Pro2那樣惡搞嗎？」阿克翻著手中的資料，資料沉甸甸的，字裡行間塞滿了英文註解，阿克心中頗為感動。

「都行啊，動動腦筋囉！」文姿看著皮膚黑了兩層的阿克，好像瘦了點。

阿克笑笑，跟店長借DV胡亂拍些點子一定很有趣。

至於點子怎麼來，那倒是一點都不需要擔心，阿克最近被一隻妖怪弄得反應神速，腦袋升級了好幾個版本。

「笑什麼？有點子了嗎？」文姿注意到阿克的笑有些異樣。

「怎麼可能，不過不煩惱就是了。這件事一想起來就很有趣呢。」阿克站起，舒展身子，做出打擊的誇張姿勢。

「要加油喔！」文姿若有似無地說道：「可別忘記我們的旅遊約定。」

「交給我了。」阿克爽朗的笑容，手裡拿著文姿辛苦蒐集的資料。

突然，阿克的手機響起。

不用說，當然又是那段「阿克，在錄這段語音鈴聲時，我突然想到一個問題，星爺那部齊天大聖東遊記裡，紫霞仙子說過……」錄音鈴聲，阿克慌亂接起。

「喂，嗯嗯廢話，當然不准跟，屁啦，管好妳的魚就行了，掰掰。」阿克掛上電話。

文姿看著阿克，阿克的臉都紅了。

自認沒有做虧心事，可是阿克卻無法不讓自己燒紅的臉退潮。

「是那個女孩嗎？」文姿的眼神沒有責備。

「嗯，後來不知不覺就成了朋友。其實她很可憐的，在妖怪圖鑑裡面算是被歸類成倒楣的那種，其實說她倒楣也不是，不如說她有時候容易走入死胡同，不過她也有……」阿克越說越多，眼睛飄來飄去。

但阿克注意到文姿那雙靜悄悄的眼睛，他就自動住嘴了。

那眼神，有一種對阿克輕輕緩緩的悲傷。

「阿克，你是一個很簡單的人，不適合想太複雜的事。」

文姿的語氣很淡很淡，彷彿在一幅畫上留下大量虛無的白。

阿克站在文姿面前，不知道該說什麼，或不敢說些什麼。

他跟小雪只是朋友，會牽手的那種。

其他什麼也沒發生，他可以保證。

要這樣說嗎？這樣自相矛盾卻又理直氣壯的話從阿克口中說出，應該具有一百分的效力。

但文姿看起來很不快樂，而且也不再看著阿克。

7.4

倉庫裡的氣味有一點淡淡的霉，昏暗日光燈光下懸浮著灰塵粒子。各種電器貨品看似雜亂，卻以一種只有阿克與文姿才能理解的方式堆放在一塊。

一直以來，這間倉庫都是這樣的。

文姿第一次罵阿克就是在這裡，阿克第一次約文姿看棒球，也是在這裡。

文姿每次與阿克進到倉庫，都覺得這是個讓時間停頓歇止的地方，她喜歡這樣。

但很多事如果一直停滯不變，就會變。

變得教人失望。

「阿克，你喜歡我嗎？」文姿突然開口，眼睛低垂。

阿克怔住。

藍迪強森時速一百六十三公里的快速直球，啪的一聲，進了捕手手套。打擊者下巴都來不及掉下。

「如果不是的話也沒關係，我只是想知道。」文姿的語氣卻沒有該有的勇氣。

我當然很喜歡妳，很喜歡，比什麼加起來都還喜歡。阿克很想這麼說，全身都發燙，但此時他卻想找一句更好的、更甜蜜的話，來填補這樣美妙的時刻。完全忘記了文姿剛剛那句忠告。

文姿看著地上，阿克的腳後多了一雙皮鞋。

然後是一隻手輕輕拍著阿克的肩膀。

孟學充滿敵意的眼神，站在倉庫門口。

阿克又是一怔。

「下次再告訴我吧。」文姿說，還是沒看著阿克。

「我……我去出版社了。」阿克倜促地說，與孟學擦身而過。

孟學表情冷酷，沒有瞪著阿克離去的背影，也沒對阿克說一句話。任何一句多餘的諷刺，都可能反過來螫刺著孟學偽裝成高塔的自尊。尤其他剛剛就杵在門邊，三分鐘了。該聽的、不該聽的，都夠了。

孟學拿著兩杯熱咖啡站在倉庫門口，看著坐在地上小板凳的文姿。

文姿看起來很落寞，卻意外的，沒有怪孟學的意思。

「不可愛的男人，是吧？」孟學彎腰，將其中一杯熱咖啡遞給文姿。

「別白費心機了。」文姿看著飄在熱咖啡上的薄薄白氣。

「別那麼說嘛！我下下個月要結婚了，所以對妳的糾纏就快結束了。」孟學笑著。

文姿抬起頭，打量著嬉皮笑臉的孟學。

「所以就當我是個小丑，對我逢場作戲逗弄逗弄我吧，說不定還挺有趣？哈。」孟學喝了口咖啡。

「是你以前提過的那個，新恆集團總裁的獨生女嗎？」文姿好奇，語氣和緩了不少。

「是啊，還限期呢。抗拒了好幾年，最後還是逃不了，要不是那個千金小姐也對這個結果很抗拒，我到現在一定還不會答應。」孟學自嘲：「真像一本不入流的言情小說才有的破爛情節。」

「結果那個千金也不喜歡你？」文姿感到好笑。

「是啊，為什麼人家就一定要喜歡我？看在我不開心、她也不爽快的雙輸局面份上，這樣的結合應該還算公道，所以我想了想，就答應了我爸。」孟學繼續嘲諷自己：「我想那個千金大小姐也是在相同的心情下答應這樁婚事的。結婚以後，我身價可了不起了，身兼兩個集團的唯一繼承人。」

「不知道要說什麼。」文姿想笑又不敢。

「說妳曾經喜歡我，假的也行。」孟學笑笑地乞討。

「不。」文姿站起，捧著咖啡走到倉庫門口。

孟學苦笑，咬著紙杯子。

「有些句子就算是假的也很珍貴，因為你永遠也聽不到。」文姿認真地拋下這句。

不殘酷。

只是很真實。

「真是太可惜了。」孟學嘆道，這樣的女人。

七局下

7.5

「你到底想好要拍什麼了啊？」

小雪一連問了三次，阿克才猛然驚醒。

鏘鏘鏘鏘聲此起彼落，幾個小白點像逆射的流星，隨時準備衝破高懸的網。

大新莊打擊練習場的休息座上，捲起袖子滿身大汗的阿克正狂嗑飲料，心不在焉。

今晚他總共打了三百球，兩百多個擦棒，屁個全壘打。

爛到家了，因為他的腦子一直反覆重播著文姿那一句問號。

為什麼他覺得文姿在說那句話的時候，是帶著點憂鬱跟不得已呢？阿克很困惑，難道文姿並不是喜歡著他嗎？但正常來說，會這麼問的人，應該是帶著主動告白的意味不是？

一小時前阿克打電話給他的專屬愛情顧問，店長卻在電音隆隆的夜店裡跟男友high，聽不清楚也講不明白。阿克一想到文姿可能只是找不到機會好好拒絕他，他就陷入無可救藥的茫茫然。

「要拍什麼啊？我腦子裡有好幾個點子，都有點KUSO，但不知道要拍哪一個。」阿克喃喃自語。

「都拍不就行啦，有什麼好發呆的。」小雪嘟著嘴，她知道阿克在煩些什麼。

阿克這傢伙幾乎守不住任何祕密，只要用力逗幾下，什麼都說出來了。

小雪妖怪今天也受到阿克魂不守舍的影響，打得零零落落，又悶。

「最多只能拍三個，不然在網路上被討論的焦點就散了，對了，妳可以當宣傳影片裡的模特兒嗎？應該可以請到一點經費，不多就是了。」阿克問。

見小雪興致勃勃地點頭，兩人於是仔細討論起宣傳影片的詳細內容與運鏡，也深究起iPod-Nano這一台MP3-player的市場區隔。

阿克頗驚訝小雪不斷反駁自己意見的聰明，於是打擊場的休息桌上，一下子多了好幾張靈感塗鴉。

幾個小時後，阿克房間裡到處都是亂丟的揉碎紙團，還有個紙團不偏不倚被阿克反手丟進魚缸內，將裡頭的病魚嚇壞了。

兩人在阿克出外推銷電腦之餘連續討論了三天，最後阿克畫好短片分鏡，拿著跟店長借的DV，開始拍攝去蕪存菁的三段KUSO宣傳影片，然後又花了兩天在蘋果電腦上剪輯。

7.6

一個禮拜後，阿克站在賣場的辦公室裡，將與小雪合力拍出的短片用單槍投影在布幕上，每個短片不過十五秒。

影片一，地下道篇，主題：哪一個人比較快樂？

影片二，麥當勞篇，主題：缺乏自己的特色嗎？

影片三，公車篇，主題：找不到搭訕的理由嗎？

地下道篇裡，阿克肩上扛著超大的音響，做嘻哈打扮，在地下道裡與遊民彼此對看，遊民咧嘴傻笑，手裡拿著iPod-Nano，阿克瞠目結舌。

麥當勞篇裡，阿克塞著耳機趴在麥當勞桌上睡著，幾個老頭拋下報紙，偷偷、小心翼翼把弄著放在桌上的iPod-Nano。

公車篇，阿克穿著高中制服坐在公車靠窗，模樣羞澀，小雪穿著鮮豔亮麗坐在一旁，陌生的兩人。但小雪卻忍不住跟阿克討了一邊耳機戴上，笑笑地看著阿克。

三支影片結束，阿克也鬆了一口氣。

燈打開。大家紛紛鼓掌，顯然效果不錯。

文姿在底下看著阿克，眼神充滿鼓勵。

「iPod-Nano已經在美國造成大缺貨，延宕了全球上市的日期，在台灣如果要買Nano有時還得在網路上加價，要不就是要等貨。所以不能以一般的電子產品看待，而要用蘋果一貫的時尚精品感覺去打造這個商品，我覺得可以利用正當紅的Nano仿效漫畫《獵人》裡條件拍賣的模式，將賣場裡的庫存清空。」阿克拿起草稿漫畫家富堅義博所畫的獵人，翻到友克鑫黑道拍賣的章節。

「什麼是條件拍賣？」店長在底下舉手。

「簡單說，就是參與拍賣的人有一定的資格限制，如此可以凸顯出被拍賣物的不同凡響，我的想法是，將賣場庫存的電器標上積分，越冷門的產品積分越高，讓當天購買賣場產品積分滿十點的顧客就能參加Nano的拍賣，所以Nano的銷售只是個幌子，卻可以藉此將賣場的庫存消化一下。」阿克說，這個想法是最近重新溫習《獵人》時所得到的點子。

「我們有多少台Nano？」孟學看著一旁的店長。

「用盡人情，勉強刮到了二十台。」店長苦笑。

「很有趣的嘗試。」文姿鼓舞地說：「配合短片在網路上宣傳，在賣場舉辦三場拍賣，將三場拍賣集中在同一天三個時段，最晚場所需的積分最少，讓參與的人變多。Nano可以賠著錢拍賣，但一定能衝高整體業績。」

「打算什麼時候辦？」孟學看著店長，該專業的時候他可不會刻意打壓。

「計入網路發酵跟媒體炒作的時間，大約三個星期最好。」阿克看著文姿。

的確是個好提議。

於是文姿負責的企劃組，就照著阿克與草稿王的概念進行著特賣設計，店長與孟學也開始為庫存商品進行積分判定，整個賣場都充滿了蓄勢待發的朝氣。

網路是個很奇妙的地方，越是狗屁不通的怪東西越能引領風潮，阿克製作的三段KUSO宣傳短片發揮出口耳相傳的效果，條件拍賣的預告消息也在每台電腦終端機前竄流著。

「小子，會成功的。」店長拍拍阿克的肩膀：「你實在應該偶爾這麼認真啊！」

阿克看著遠遠在辦公室裡設計海報的文姿，心中頗為感激。

他還欠著她一句魔法，就等這次拍賣會結束吧！

日子越來越近。

如果這是場愛情的棒球賽，不知距離決勝負的第九局還有多遠。

7.7

「今天一定會成功的。」

賣場的天花板，懸掛著條件拍賣的紅色布條，門口的小妹對聞風而來的顧客發放拍賣積點的貼紙簿。早上十點，還看不出明顯的人潮。

文姿穿著賣場為這次拍賣特別設計的衣服，看著提著兩台電腦準備出門的阿克。

阿克今天跟唱片公司與製片公司的大客戶有約，所以即使身為企劃人，無法待在賣場幫忙拍賣會。

「嗯，一定會成功的，非成功不可。」阿克握拳。

「錯過了今天的拍賣，可別錯過了明天的慶功宴啊小子！」店長呵呵笑。

阿克就這麼提著電腦出去談業務，心中揣揣不安。

一直談到傍晚，阿克都不敢打電話回賣場關心狀況，生怕聽到頭皮發麻的答案。

倒是小雪無聊打來的電話好幾通。

「阿克！」小雪充滿精神的聲音。

「衝蝦小？」

「阿克！」小雪更有精神了。

「衝蝦小啦？」阿克不耐。

「你在哪裡啊？今天順不順利？」

「一般般啦。廢柴青年正在大亞百貨前嗑便當。」

「拍賣會的慶功宴要帶我去喔！」

「再看看啦，如果真有那種東西的話。」

「不帶我去的話，我會很難過很難過，難過到去燒郵筒，到時候我被條伯伯抓到了，一定會把你給供出來。」小雪正色。

「供個屁啦！怕妳才有鬼。」阿克哼哼。

「阿克，你知道我們同居多久了嗎？今天是大日子喔。」小雪沒來由這一句。

「需要用到同居這麼色的字眼嗎？是暫住。」阿克否認。

「再過幾個小時，我們就同居了三個月耶！一轉眼就到了戀愛的季節，我的病說不定就快被你治好了，你要努力留住我喔！」小雪嘻嘻笑著。

「不跟妳喇屁了，我要騰出手吃飯了。」阿克哼哼。

阿克掛掉手機，暗暗好笑。

兩人真的住在一起這麼久了？

一男一女窩在小小房間裡，什麼事都沒發生，也算是這個城市的奇蹟。

八點，這個城市已經開始沉澱，進入另一種節奏了。

阿克站在大亞百貨前的廣場上，看著巨大電視牆的新聞吃便當。

遲遲下班的人潮、用美色引誘路人做市調問卷的女孩、蹺掉南陽街補習班的高中生。此時此地是台北最繁忙的尖端。

體驗過這個尖端的外地人，不是深深愛上這個燃燒靈魂的城市，就是迫不及待想搭最快的班車，逃出這令人窒息的節奏。

阿克的電話響了。

「陳系主任？」阿克看著來電顯示愣了一下，隨即將便當闔上，拿起電話。

「陳系主任好，我是電腦業務阿克，是，是，防毒軟體也有支援，不過不是很必要，嗯，要中毒是真的有難度，啊？你是說真的嗎？三十台？好！沒問題！一定給你們折扣！明天？明天有點趕啊，今天電腦代理商已經下班了，後天就沒問題了，好，一定！好，謝謝陳主任！」

阿克掛掉電話，一臉不敢置信。

「三十台？要是我待在賣場，這三十台要多久才賣得完啊？」阿克傻眼。

手機又響起，阿克趕緊接起。

「是，我是。王老闆好！十五台？你沒……不！一定沒問題！三天內一定派專人到貴公司搞定。是，是不太會中毒，不過也有防毒軟體可以選購，但要是我就會省下那筆錢跟他賭賭看，哈，太感謝了！太感謝了……」

阿克掛上電話，嘴巴還沒闔起來，另一通電話又飆了進來。

然後是張主任、柯經理、李襄理……通通都是打電話來訂蘋果電腦的。

驚喜到迷迷糊糊的阿克邊講電話，不由自主被大亞百貨電視牆上的新聞給吸引。

「根據美國矽谷初步統計，最新的電腦病毒，都市恐怖病，以最難防範的木馬程式侵入北美與歐亞地區，在一個小時前癱瘓數百萬台個人主機與公司行號，至少已造成了五十億美元的損失，商業機密遭後門盜取的損失更是難以估計，行政院正在估計國內的企業損失，這隻病毒目前有九種變形……」記者憂心忡忡。

阿克呆住，手上依舊拿著手機。

這是他人生的超逆轉全壘打嗎？

遲來的必殺技，靠著一隻惡劣肆虐的電腦病毒，半小時內接到兩百多台蘋果電腦的訂單。

便當，都冷掉了。

最後，店長的電話也飆了進來。

「小子！你一定要看看這個畫面！」

店長的聲音非常的high，然後用手機傳來一張相片。

解析度不高，但可以清楚看見整個賣場都擠滿了人，拍賣台上的文姿手裡拿著Nano，許多雙手都舉了起來。拍賣會也成功了！

「真的假的？會不會太恐怖了點？」阿克瞠目結舌，蹲了下來。

一瞬間，全世界的幸運彷彿都降落在他的身上。

「這麼幸運，好像會有報應似的？」阿克失笑，想起了少女漫畫裡常用的破爛對白。

一雙熟悉的球鞋突然出現在眼前，猛一抬頭，小雪蹦蹦跳跳地站在面前。

小雪的手裡，拿著一枚小叮噹扭蛋。

「妳怎麼會在這裡？」阿克嘴巴這麼說，心中並不感到絲毫奇怪。

「你剛剛電話裡不說了嗎？我正好在附近瞎逛，就跑來啦！結果你居然還在。」小雪歪著頭笑道：「一起慶祝我們的同居三個月紀念吧！」伸出手，拉起蹲在地上的阿克。

阿克的眼神還停滯在不可思議的幸運中，顯得有些搖搖晃晃。

這驚人的業績，或許足夠讓那個法老王叫自己「阿克大哥」了吧！

「看你的表情，好像連續中了三期樂透彩喔，跟我同居三個月真的有那麼高興喔！」小雪很樂，搖著阿克的手。

「妳頭啦！」阿克用力拍拍臉，深呼吸。

這才迴光返照，開心地看著小雪。

7.8

條件拍賣結束在八點半，庫存消化了竟達五成以上，Nano當然賣得一台也不剩。毋庸置疑的大勝利。

懷抱著雀躍的心情，文姿特地回家，換了一身淡淡綠色的連身裙，將頭髮紮成阿克最喜歡的馬尾。

從櫃子拿了一本歐洲火車旅遊的雜誌，搽上最亮眼的唇蜜。

「今天的你，可要好好加油。」文姿看著櫃子上員工旅遊照片裡，笑得很開的阿克。

半小時後，文姿就來到阿克家樓下，拿著剛剛從超市買的火鍋料。

像個小女人，用最忐忑的心情，守在幽暗的小弄路燈下。

文姿反覆演練著等一下的「邂逅」說詞。

「阿克？真巧，我剛剛好經過，也剛剛好提著火鍋料，也剛剛好缺一個人跟我一起吃火鍋。」文姿感到好笑：「不行啊！這太像阿克的台詞了，換個換個。」

「阿克啊，是這樣的，我本來跟大學同學約好吃宵夜的，可是她臨時有事，火鍋料就多出來囉！你看你多走運。」文姿想了想，好像太ㄍㄧㄥ了點。

想了想，跟地上的影子居然玩了起來。

「阿克，我突然想吃火鍋。你知道的，火鍋一個人吃很寂寞。嗯，就這樣說好了。」文姿點點頭，就這麼決定了。

遠處，一男一女嘻嘻鬧鬧的聲音。

聲音很熟悉，文姿警覺地躲在電線桿後。

「吃了便當又吃海陸大餐，超飽！」阿克牽著小雪聲音洪亮，另一手提著電腦。

「謝啦！真的吃得好飽！同居三個月萬歲！」小雪蹦蹦跳跳，將阿克的手盪得好高好高，另一手幫拿著厚重的資料。

「才不是慶祝那個，是慶祝都市恐怖病病毒肆虐得將將好啊！」阿克走到門下，牽著小雪上樓。

「不過你要小心點喔！你剛剛轉了十七個扭蛋才轉到小叮噹，切忌得意忘形！」小雪諄諄叮嚀。

「我什麼時候得意忘形過了？」阿克哼哼。

兩人打打鬧鬧的聲音，一路擺盪在老舊的公寓裡。

有一點殘光，用淚珠的形狀

墜落。

7.9

安和路上，鋼琴酒吧。

「難得會找我出來。」

兩只酒杯，淡淡的鋼琴聲，若有似無的氣氛。

孟學手中的杯子，輕輕敲著文姿的杯子。

「悶了一個小時，妳只是喝酒跟發呆，卻不跟我說話，要是在從前，我會以為妳在跟我吵架呢。」孟學微笑。

「你記錯了，我們沒有吵過架。」文姿很冷淡。

「……仔細想想，好像是這樣。是，我們沒吵過架。」孟學啞然失笑。

文姿突然嘆氣。

「謝謝你一直逗我說話，不過我自己知道我現在就像刺蝟一樣，不會、也不想討人喜歡，如果你覺得受夠了，隨時都可以走。」文姿的頭髮垂到了桌面。

孟學失笑。

「妳跟我真的很像。」

「我不覺得這是讚美。」

孟學笑，反而更開心了。

兩人沉默片刻，讓清脆的鋼琴聲填補沒有言語的空缺。

「是阿克吧？」孟學看著酒杯。

文姿沒有回答。

「真羨慕那個混蛋。」孟學抓著酒杯的手突然緊繃。

「如果你想說，你羨慕阿克可以傷我的心你卻不能，我勸你把這句話縮在喉嚨裡就好，否則我立刻走人。」文姿瞪了他一眼。

孟學不置可否，頓了一下。然後放棄了某句想說未說的話。

孟學將空杯子放下，酒保自動為其再倒一杯。

孟學換了個話題，聊到父母強力安排的親事，聊到父親一直逼他離開賣場，到總公司擔任亞洲區區域經理。孟學的語氣沒有怨懟，也沒過溢的激昂，一貫的自我嘲諷。文姿靜靜聽著。

「所以，這是一個富家公子想擺脫父母庇蔭，極力證明自己的故事？」

「如果其中能添加一點愛情的成分就好了，富家公子會有活力得多。」

「富家公子的父母，不是安排了門當戶對的好親事？」

「好親事不是好愛情。」

「有錢又不是對方小姐的錯。」文姿搖搖頭。

「有錢也不是富家公子的錯。」孟學嚴肅地看著文姿。

「……」

「正視我這個人，我並不比阿克差，或者這麼說，我了解童話故事裡的女孩都喜歡執著努力的窮男孩，但我始終不明白，阿克的這些特質我也有，而且，還多了許多阿克沒有的東西。」

孟學很認真的眼神。

「也許……就是多了太多的東西吧。」文姿不知道該怎麼回答。

喜不喜歡，如果可以化約成一張評量表，這世界上就不會有所謂的愛情故事。

「如果我現在跟妳求婚，會不會很唐突？我隨時可以拋下那畸形的婚約。」孟學很認真，眼睛看著文姿垂下的秀髮。

「不像是你會做的事，就不要去做。」文姿突然覺得孟學很可憐。

「男人露出弱點的時候，是不是，反而是最可愛的時候？」孟學突然發笑。

「或許是吧，只可惜我不是那種很母性的女孩。」文姿失笑。

「認識妳到現在，兩年了吧？妳知不知道什麼時候妳最有女人味？恐怕就是現在。」孟學頗有感觸。

「會傷心、會發抖、會在夜店買醉、會聽富家公子發牢騷裝可憐嗎？」文姿的手指撥弄酒杯裡的冰塊。

「台詞都被妳搶光了。」孟學莞爾。

「那就別想台詞了，靜靜一起喝酒，我醉了，別讓我醒來時發現躺在陌生人的床上，就算夠朋友。」文姿喝光杯中的酒。

「好。」孟學同意。

兩人乾杯。

「新婚快樂。」

「別酸我了。」

7.10

阿克吹著口哨，穿著短褲涼鞋，漫步在住家附近。

出門前電視正重播著兄弟象對統一獅的比賽，小雪建議買啤酒看比賽，順便繼續慶祝阿克的大幸運，還笑笑警告阿克不可以酒後亂性。

「誰要酒後亂性啊？倒是我要小心點。」阿克自言自語，看見加油站對面的7-ELEVEN，愉快走了進去。

他不會知道，這間便利商店，會讓自己一整夜的好運氣衝出了軌道。

在阿克注意到某人前，某人已先發現了阿克。

剛剛從酒吧出來的孟學也在此間。在飲料櫃前選了兩罐茶飲，關上玻璃門時，孟學不經意從凸後照鏡看見阿克進來。

孟學毫無遲疑，拿起手機走到衛生用品的櫃子前，假裝沒發現阿克。

而阿克看見孟學後也沒上前打招呼，拿著籃子到飲料櫃前裝啤酒，正好與孟學背對著背，瞥眼偷偷注意孟學在做什麼。

「好，我知道，妳放心在車上睡，我買一下東西就走。」孟學假裝講著手機。

阿克心中竊聲：「色狼，機歪人。」

孟學拿起保險套端詳，放下，又端詳：「是，我會好好疼妳，遵命，正在買了啦！妳喜歡香味的還是螺旋的？好，我不問就是。」

阿克心中納悶：「誰啊？新來的小惠？還是花錢的那種？」

阿克退到孟學看不見的地方，好奇心起。

孟學掛掉手機，走到櫃台付錢，故意留下發票沒拿。

孟學走出商店，阿克巴巴跟在後頭付帳，拿起孟學遺留的發票，果然有保險套三個字，鬼鬼祟祟轉頭看著店外。

孟學打開車門，跑車副座上坐著睡著了的文姿，孟學愉快地發車離去。

阿克腦子一片煞白，完全當機。

便利商店的電動門關上，阿克看著自己在玻璃門上的錯愕倒影。

「文姿？」阿克覺得自己搖搖欲墜。

孟學拍著方向盤，拿出剛剛買的保險套，面無表情開窗丟掉。

「自己看著辦吧，混蛋。」孟學方向盤一轉，往文姿家方向前進。

邪惡嗎？

對孟學來說，愛情包含了靈魂的奉獻，如此而已。

7.11

阿克神色茫然走在街上。

提著兩大塑膠袋的啤酒，已經在和平東路上麟光站與六張犁站來來回回，走了好幾圈。

七對情侶忘情地在阿克旁邊接吻。

三對老夫妻手牽手走路聊著天。

兩對穿著制服的高中生在行人椅上搞曖昧。

只有在這種靈魂破碎的時刻，人才會發現這個世界，還是有很多情侶沉浸在戀愛幸福裡。

紅燈，阿克被疾駛過的車子驚醒，停在行人道前。

一條流浪狗搖著尾巴坐在阿克前面，吐著舌頭，模樣討喜。

阿克回憶起與文姿去年看完象牛冠軍賽後，文姿將可樂倒在手心上讓流浪狗舔舐的溫馨畫面。那個讓他愛上她的甜美瞬間。

「原來，是這麼一回事。一廂情願真的很要人命。」

阿克蹲下，從袋子打開一罐啤酒，緩緩地倒在自己掌心。

流浪狗嗅著嗅著，愉快地啜飲起來。

沒有注意到，這個人掌心裡的啤酒，鹹得厲害。

7.12

滿地的空玻璃啤酒瓶。

小雪靜靜坐在地上，一言不發看著站在陽台上的阿克。

阿克背對著小雪，醉醺醺地，一棒一棒對準月亮用力揮著。

小雪看得很難過。

頭一次，她覺得阿克很難親近。

頭一次，她感覺到阿克不斷被三振，不斷被三振，從第一局第一個打席一路被三振到第九局結束，毫無抵抗那樣的悲愴。

「我從來沒見過阿克這個樣子，他用力揮棒的模樣，好可怕，好像要把月亮砸碎似的。我不敢接近他，怕他失控，怕他把氣出在我的身上，尤其，我根本不知道阿克在生什麼氣。」小雪對著手上粉紅色與綠色的猴子玩偶說話。

阿克醉倒在陽台後，小雪才將阿克攙扶進屋內。

如果莫名的傷心可以這樣一次傾瀉而出就好了。小雪心想。

阿克突然站起來，衝到馬桶邊嘔吐。

「慢慢吐，不要急。」小雪的眼睛紅了，也跑到浴室。

「小雪，我的運氣全都用完了，我完蛋了，爆炸了，原來我早就出局了。」阿克邊吐邊哭，扶著馬桶，全身發抖。

「沒關係的，小雪會把阿克治好。」小雪慢慢拍著阿克的背。

阿克號啕大哭，滿臉通紅。下一瞬間就睡趴在馬桶上。

一整夜，阿克都保持在又吐又睡的狼狽狀態。

「到底，什麼事教你不開心了？」小雪嘆氣，疼惜地摸著阿克紅腫的眼皮。

八局上

8.1

阿克在馬桶旁醒來的時候，小雪也在身邊，睡得很熟很熟。

這是小雪妖怪第一次沒有在早晨的曦光中消失。

阿克沒有叫醒小雪，只是抱著她到床上睡覺，蓋上涼被，將粉紅色的小猴放在床頭，這才去上班。

「小子，今天晚上慶功宴在哪裡辦讓你決定，PUB還是KTV？」

店長興致沖沖，卻看見阿克一臉的疲倦，縮在櫃台後面打電話跟蘋果電腦代理商確認訂單與安排課程。兩百台蘋果電腦訂單從天飛來的事，阿克還沒心情說。

「都好。」阿克無精打采，看著手中滿滿的客戶名單。

「呵呵，沮喪個什麼勁？昨天的業績打破賣場去年週年慶以來的紀錄，我已經往上報啦，你年底的員工分紅至少可以加個好幾趴！」店長坐在阿克身旁，拿起鼻毛剪修修剪剪。

阿克沒有回話，只是持續萎靡。

「文姿今天請病假，是因為這個原因不開心嗎？還是吵架了？還是？來，把鼻孔打開，鼻毛露出比陰毛露出還可怕。」店長修完了自己的鼻孔，也細心地幫阿克修修。

阿克仰起頭，任由店長打理他的鼻孔。

「我失戀了，掛點了，在愛情的路上雷蟬❷了。」阿克無神地說。

只花了三分鐘，阿克就將昨天晚上悲慘的錯身交代一遍。

店長嘴巴張得老大，不能置信。但無論如何，都不能否認阿克的親眼所見。

「沒關係，小子，我昨天正好在民明書坊出版的《逆轉失戀烽火輪》一書裡看見如何在四十八小時內，改變失戀的悲慘命運，這個方法是這樣的：深夜到街上去……」店長用稀奇古怪的方式安慰著阿克，民明書坊裡不可思議的愛情武學全都用上了。

但阿克完全聽不進去。

勉強架起因為揮了一整夜棒子而全身痠痛的身體，阿克走去洗手間。

不幸冤家路窄，正好遇到孟學在鏡子前洗手。

「你今天又遲到了。別以為昨天拍賣會成功是你一個人的功勞，即使是最出色的工蜂還是工蜂，如果你不守本分，我隨時可以踹你出去。」孟學冷冷地說。

孟學看著鏡子裡，背對自己站在小便斗前的阿克。

他不懂。

許多女孩子都喜歡這樣一無所有、用邋遢當作個性、用率性當作浪漫的破爛角色。錢、跑車、家世、教養，這四個優點，在不切實際的愛情小說裡居然成為四個反噬優秀角色的原罪。然後，竟也發生在他身上。

孟學認為，他付出的愛情，比誰都要完整，都要執著。

但愛情為何失落？他的不明白讓他變得很憤怒，隱性的憤怒。

「對了，差點忘了你自認是我的情敵，怎麼，最近跟文姿有什麼新的進展嗎？」孟學故作好奇，捧著水洗臉。

「你要不要請徵信社跟蹤你，幫你找找，你有沒有比較不機歪的時候？」阿克虛弱地回應，頭頂著牆。

孟學哼了一聲，將手上的水甩在鏡子上，轉身走出廁所。

❷雷蟬：騎機車滑倒的台語。

8.2

文姿隔了兩天才來賣場上班，又是精神煥發。

然而賣場裡的每個人都可以輕易感覺到，文姿與阿克之間似乎有一堵無形的牆，雖然還是會客氣的寒暄，但兩人不再說什麼亂七八糟的對話。誰一腳踏進倉庫，誰就一腳踏出去，刻意在迴避著什麼，卻又不肯說開。

不知情的人還會以為，文姿跟孟學正開始談戀愛，而阿克突然變成同性戀，跟店長打得火熱，整天都膩在一起。

也許單純從曖昧開始、同樣愕然結束在曖昧的情感，基礎不容易穩固？

當然，阿克也不再有理由走出賣場衝業務了。光是安排先前跟隨大訂單而來的電腦課程，阿克就忙翻了天。驚人的業績讓連鎖賣場的總公司讚嘆不已，頻頻詢問這個將蘋果電腦炒翻天的基層員工的背景資料。

但，不只是賣場總公司注意到阿克。

某通重要的電話，讓阿克的生命出現新的出口。

或者，逃避的方向。

8.3

阿克的憂鬱，都看在小雪眼底。

三個月沒碰球棒，三個月不清楚兄弟象、統一獅、興農牛之間的關鍵勝差，三個月沒翻旅遊雜誌，三個月沒去等一個人咖啡。阿克簡直像個壞掉又不肯維修的玩具。

不斷被深水拖進沒有盡頭那種黑暗的滋味，小雪再熟悉不過。

再這樣下去，阿克會失去自己。

所以這天晚上，小雪請了假提早下班，帶著渾渾噩噩的阿克踏上了屬於妖怪的治療之旅。

阿克也毫無意見，任由小雪帶著他坐上公車，轉了兩班，又徒步走了十分鐘。

「去哪？殺人搶劫偷竊詐騙這四件事我是不做的。」

「誰說要帶你去做那些事了？我要帶你去一個療傷的地方。」

小雪的上衣口袋裡，藏著從報紙撕下的小小廣告，神祕兮兮的。

一個小時後，兩人出現在某張巨大的黑白相片底下。

黑白照片用許多黃色鮮花飾邊，相片裡陌生男子笑得很肉麻，露出參差不齊的牙齒。

許多穿黑色衣服的人哭哭啼啼坐在鋁椅上，聽著一個老女人在台上訴說著對往生者的思念，會場悠揚著翩翩驪歌。

不折不扣，是一場告別式。

「俊青不只是一個好牌友，也是一個可靠的好人，每次朋友有困難，俊青總是先想到幫助朋友，最後才想到自己，有一次我坐在俊青後面看他打牌，他居然扣著該胡不胡的自摸牌不胡，還故意放槍給缺錢的老王，這等胸襟，不能不讓人佩服，不能不……」台上的老女人說得涕淚縱橫。

阿克看著一旁不動聲色的小雪，大感疑惑。

「他是妳的誰啊？親戚還是朋友？」阿克搔頭。

「不認識。」小雪一派的冷靜。

「那妳帶我來這裡做什麼啊？」阿克的頭皮頓時發麻。

「來靈堂，當然是來參加告別式的啊。」小雪的側面，輪廓很美。

阿克感到莫名其妙，渾身不自在東張西望。

「看不出來妳人這麼好，連不認識的人的告別式妳都來參加，不過我沒有這種日行一善的習慣，我先走了。」阿克搖搖手，便要離開。

小雪拉住阿克，搖搖頭。

「搖什麼，我真的要走了，我覺得好怪。」阿克堅持。

「阿克，你不覺得，這個地方很悲傷嗎？」小雪淡淡地說。

一位哭哭啼啼的歐巴桑哭得亂七八糟，捲起阿克的袖子擦眼淚，阿克嚇到。

「就是因為這樣才奇怪啊！」阿克看著溼淋淋的袖子。

「我每次心情不好的時候，如果夜還不夠深不能燒郵筒，我就會翻報紙找訃文，看看哪裡有在辦告別式的人家，如果地址近，我就會過來參加。不過認識阿克之後，我一次都沒有來過喔，阿克把小雪治療得很好。」小雪說。

「靠，超毛的，妳心情不好時能搞出的花樣真的很變態。」阿克說的是實話。

小雪沒有回話，專注地聽著台上的人講話，阿克只好待著。

阿克拉起袖子，從口袋裡掏出皺皺的衛生紙給一旁的歐巴。

「人死了，還能聽見大家的思念嗎？」小雪輕嘆。

「不能啊，不過告別式上大家說的這些話，還是有意義的。」阿克不同意。

「？」小雪看著阿克。

「往生者的親朋好友還活著啊，大家聽了其他人對往生者的回憶跟思念或讚美，一起想念往生者，這樣不是很感人嗎？妳看，所有人都在哭，難道那些眼淚沒有意義嗎？」阿克環顧會場。

「如果最應該聽到那些話、最應該流那些淚的人，聽不到這些話，流不出這些淚，那還有什麼樣的意義？每次來到告別式，我都很害怕，是不是要等到我死後，大家才會對躺在鮮花裡的我，說出一句句我生前很希望聽見、卻沒有人願意說給我聽的話。更害怕，躺在鮮花裡的我，根本沒有人守在旁邊。」小雪幽幽嘆氣。

阿克正感到莫名其妙，小雪突然走上台，阿克根本阻止不及。

小雪接過麥克風，好整以暇。

「我要說一個故事。」小雪說。

台下的人紛紛議論小雪的身分，交頭接耳的。

「我很愛很愛一個人，雖然他已經有老婆孩子了，但我還是一樣愛他，願意包容他遇見我之前的一切，但他終究還是離開了，他答應要寫給我的信，我一封都沒收到。」小雪邊說邊哭了出來。

「孤零零的，放我一個人在全世界最寂寞的城市，呼吸這世界上最孤獨的空氣，他完全消失，好像我跟他之間的一切都是假的，那些快樂的回憶都不再真實，都是我一個人虛無想像的空白，我愛他，但他愛我的那一段到底存不存在？」小雪泣不成聲，阿克也跟著鼻酸。

在阿克旁邊的歐巴突然發飆，指著黑白相片裡的男人大罵：「俊青你這個王八蛋！有了我你還嫌不夠，還在外頭養這麼幼齒的女人！難怪天打雷劈！」

另一個坐在阿克前面的歐巴突然發難，回頭拉扯第一個歐巴的頭髮：「憑妳！俊青居然會看上妳這麼醜的女人，是！他一定是被妳吐死的！還我的俊青來！」

兩個歐巴打起架、互扯頭髮，坐在附近的喪家趕緊衝上去將兩頭歐巴拉開。

小雪哭到全身無力，搖搖晃晃走下台，阿克趕忙扶住。

「阿克，換你了。」

「我？」

小雪點點頭。阿克只好走上台，敲敲麥克風，清清喉嚨。

站在台上，果然有一種奇怪的氛圍催促他說些什麼。

「昨天晚上，我發現我……我很喜歡的一個女孩，原來一點都不喜歡我……」

阿克深深呼吸，全場數十雙悲傷的眼睛正注視著他。

「於是我喝了好幾罐啤酒，在陽台揮了幾百次棒子，吐到神志不清。揮棒的時候，我一直在想，我究竟喜歡那個女孩哪一點？回憶的片段就像無法停止的幻燈片一樣，在我的腦袋裡不斷跑著，跑著，我努力在那些瑣碎的回憶片段裡，搜尋我喜歡那女孩的理由。」

「但是我找不到。我想，一直以來，我只是很單純地喜歡著她，越單純，就越可貴，不是嗎?她不喜歡我，不是她的錯，但不是任何人的錯，也改變不了我心裡好痛的事實。」

阿克站在台上，越說越平靜。

小雪拿著手帕拭淚，大家在台下聽得發呆。

「明天要過，明天的明天還有明天要過，不會因為一場失戀讓明天不再來，我是個笨蛋，只要一睡覺就會忘記不愉快的那種笨蛋，很痛，但只要我睡一百次，過一百次明天，我想不愉快無論如何都會慢慢忘記、稀釋。總有一天我一覺醒來，會重新呼吸到快樂的空氣。我說完了。」

阿克正要下台，突然台下有人發問。

「請問……你跟俊青是什麼關係啊?」

阿克恢復平常的支支吾吾，尷尬地抓著頭。

「國中……國中同學。」阿克竭力鎮定。

「俊青都五十多歲了，你……你怎麼這麼年輕啊?」一個歐巴嘖嘖稱奇。

「多喝水，打棒球，早睡早起，每天……每天一顆維他命，日行一善，養妖怪，這就是我保持青春的祕訣。」阿克艱辛地說完，汗流浹背。

大家議論紛紛，不斷點頭稱是。

小雪拉著阿克，匆匆離開陌生人的告別式。

8.4

等一個人咖啡店。

一杯真命天子特調，一杯哎呦喂呀靠腰特調。阿不思請客。

阿克與小雪選了靠窗的位置，因為在無聊的時候，可以跟玻璃上的自己互瞪。

「剛剛真是太扯了，我一定是瘋了。」阿克說，回憶在陌生人告別式裡所說的一切。

眼前這隻妖怪總是有變不完的怪把戲，每一招都可以把人嚇破膽。

但不可否認，在這麼多人面前將自己最難過的事情宣洩出來，現在心情竟出奇的輕鬆。三個月以來，就屬現在最像個人。

「沒想到是另一個女孩讓阿克這麼傷心，真嫉妒。」小雪哼了一聲。

「沒這麼難猜吧?妳不是會讀心術嗎?」阿克低頭扒著飯。

阿不思做的焗烤牛肉飯實在不怎麼樣，只有咖啡還可以。

阿不思坐在咖啡吧台後，用阿克送的iMac跟遠在新竹的女友MSN傳訊。

「別在心裡說我壞話。」阿不思突然說，眼睛卻看著電腦螢幕。

阿克嚇了一跳，湯匙懸在半空。

「有人在我身邊十公尺內說我壞話，我左邊的眉毛會翹起來。」阿不思的耳朵掛著肥厚的耳機，與女友繼續在網路上聊天，根本沒看向這邊。

可怕的念能力。阿克心中這麼一說，阿不思左邊的眉毛又翹了起來。

「阿克，你真的沒想過我們在一起喔？」小雪指著自己臉上的酒渦。

「沒啊，真不好意思。」阿克毫不留情搖頭，吃著難吃的牛肉飯。

「可是我很可愛啊，你不是郵筒怪客的迷嗎？」小雪搖晃著馬尾。

「我也是艾爾頓強[3]的迷啊，難道就要跟他在一起？」阿克失笑。

「是喔，可是網路上有一份調查，裡面說現在的年輕人認為在『判斷兩個人是否在戀愛』的各種指標裡，有沒有牽手比起有沒有做愛更能表示兩人的親密關係。」小雪的手指彈著阿克的手：「我們常常牽手耶。」

「那以後別牽啊。」阿克才這麼一說，就後悔了。

小雪的臉色在剛剛一瞬間暗了一下，雖然立刻又回復了一貫的怪怪笑容。

阿克察覺自己口不擇言傷害了小雪，卻又不知道該怎麼道歉。

「去墾丁吧。」阿不思的手指敲敲打打，嘴裡卻迸出這一句沒頭沒腦的話。

「是啊，我們去墾丁吧，曬曬陽光散散心情。」小雪看著阿克。

「好像有點道理，也許過陣子我會換工作吧，中間可以自己放自己幾天假。」阿克想起那通重要的電話。

「換工作？進軍中華職棒嗎？」小雪眼睛發亮。

「是就好了。蘋果公司在兩個月前打電話給我，說我的業務能力很好，惡搞的網路短片他們也很喜歡等等，總之希望我過去當個行銷企劃專員什麼的，考慮的時間沒有限定，待遇三級跳倒是真的。」阿克已經想了好幾天了，如果說賣場還有什麼讓他眷戀的，就只剩下與店長的友誼了吧。

「那？」

「我還在考慮，畢竟我對工作這種事到底有多大熱忱，我已經沒辦法判斷了，可是如果不換，心情又很悶。」阿克躊躇。

❸艾爾頓強：英國著名歌手，是出櫃的男同志。

「換個環境說不定不錯？」小雪接話。

突然，阿克的臉瞬間僵硬。

小雪察覺阿克的異狀，順著阿克迅速避開的眼睛回頭一看，竟看見阿克極為珍惜的相片裡，那個亮眼的女孩。

女孩的旁邊還有一個高大的男人，兩人僵在咖啡店的門口。

「換個地方？」孟學詢問，一隻手已經拉住文姿的外套。

「沒關係。」文姿強笑，跟同樣強笑的阿克點了個頭，算是打過招呼。

文姿選了一個背對阿克，距離遠遠的角落。

阿不思拿下耳機，走過去等候點菜。

阿克忍不住瞥眼看向文姿，只見文姿專心地看著菜單，而孟學卻笑笑看著自己。

「是那個男人搶了你的女孩嗎？」小雪打量著孟學。

「儘管笑吧。」阿克低下頭，打開雜誌，將臉半埋了進去。

「那個女孩對阿克來說，一定是一顆很痛很痛的觸身球。」小雪嘆氣。

小雪拿起桌上阿克的手機，找到了文姿的電話號碼，然後輸進自己的手機裡。

「做什麼？」阿克皺眉，拿回手機。

小雪開始輸入簡訊，不一會兒，文姿放在桌上的手機震動。

文姿拿起手機，看見未知的使用者傳來的簡訊寫著：「我是小雪，坐在阿克身邊那個女孩。我想問妳，妳跟阿克之間到底發生了什麼事？我問阿克，他都不肯明講，只是很傷心。」

文姿無名火起。這算什麼？炫耀？

小雪的手機震動，來自文姿的簡訊：「妳喜歡就撿。」

短短五個字，殺傷力卻有如一把蠻橫的匕首。

小雪也火大起來，手指飛快在小小按鍵上猛壓。

阿克低著頭裝看雜誌，心亂如麻，根本沒注意到小雪在做什麼。

「撿什麼？臭三八，妳遲早後悔。」小雪快速傳出，氣得臉都紅了。

「嘴巴可以放乾淨點，我跟妳不熟，也沒什麼好後悔。」文姿傳回。

「臭三八！妳以為到雅虎奇摩拍賣什麼都可以買到嗎？好男人這種東西……」小雪專注地按手機按鍵，渾不知道文姿已經走到她後面。

一道冷冽的冰水從小雪的頭頂直澆而下，小雪倉皇轉身。

只見文姿拿著一只倒懸的空玻璃杯，冷冷地看著小雪。

文姿臉色漠然，但以她驕傲的個性卻做出這樣的舉動，顯然她的憤怒與委屈累積已久，一被觸發，登時不可收拾。

阿克傻了，完全不知所措。

冷水淋得小雪滿臉，小雪大怒，抄起手邊的水杯狂飲一大口，然後鼓起臉頰，雙手猛然一拍，水柱竟從口噴向文姿的臉。

文姿沒有閃避，只是靜靜地讓臉迎著水，當然整臉都溼了。

孟學霍然而起，走到一臉溼淋的文姿身旁，拉住她的手作勢要走。

小雪瞪著文姿，文姿卻看著阿克，雙腳不移不動。

阿克此時看著桌上的咖啡，臉都漲紅了。

僵硬的沉默，阿不思卻像個遊魂似的坐回吧台後，事不關己繼續她的MSN。

「我這樣被潑水，也沒關係嗎？」文姿終於開口。

阿克的眼睛，還是只敢注視著桌上的咖啡。

「我這樣被潑水，也沒關係嗎？」文姿重複問句的時候，聲音已在顫抖。

文姿注意到，桌子底下，阿克的手正牽著小雪，很緊很緊。

阿克想說什麼，卻沒有力氣。

他的腦子全都是那晚在便利商店，孟學講手機時的表情，然後陷入一團亂。

文姿點點頭，轉身走出等一個人咖啡，孟學緊跟在後。

小雪像是鬆了一口氣，轉頭看著阿克，卻見到一雙憤怒不已的眼睛。

「妳幹嘛噴她水！」阿克怒吼，一隻拳頭停在半空中，模樣十分嚇人。

小雪被嚇壞了，根本說不出話來。

「妳幹嘛老是這樣任性！妳以為別人都要吃妳那套是不是！你知不知道我有多喜歡她！知不知道我有多喜歡她！知不知道我有多喜歡她！喜歡到不當我自己都沒有關係！」阿克的拳頭重重砸在桌上，發出巨大的撞擊聲。

小雪哇一聲哭了出來，抽抽噎噎的。

阿克突然像洩了氣的皮球，面色愧疚。

「妳說點什麼吧……說點什麼反駁我吧。說是文姿先潑妳水的，說妳不是為了自己，而是為了我潑的……妳說吧。」阿克剛剛握緊拳頭的手，拿起桌上的面紙擦拭小雪臉上的眼淚。

小雪哭著搖搖頭，搖搖頭。

「我不用說，也不需要說，因為阿克在罵我的時候，還一直緊緊牽著我，嗚……」小雪號啕大哭，哭得令阿克更加難受了。

桌子底下緊緊相繫的那雙手，兀自顫抖著。

8.5

忘了是一個星期還是兩個星期後，文姿離開了賣場。

辭呈交在孟學手上時，他足足呆愣了一個鐘頭。

「那麼，妳要去哪裡？」孟學無法接受，整個心都空了。

「去歐洲。我一直都想去那裡。」文姿整理著辦公室裡的文件。

文姿準備去歐洲，不管是遊學或是工作，如果可以一直待在那裡，文姿也找不到回台灣的理由吧。

她再也不想去分辨哪些是誤會，哪些不是。

因為唯一知道真相的人，用最殘酷與自我的方式在愛著她。

「我在歐洲認識一些商場的朋友，以前在美國一塊讀書的。」孟學看著文姿的背影：「如果妳不介意，我可以安排妳在那邊工作，也是類似的行銷企劃，至於住的地方，妳也不用煩惱。」

「謝謝。」文姿沒有拒絕，看著座位上的趴趴熊發愣。

皮包裡的飛機票，登機時間就在一個星期後。

而阿克，也決定到蘋果公司上班，做他人生第二階段的衝刺。

阿克只是將辭呈用大頭針釘在布告欄上，理由欄中用紅筆寫了一個大大的「幹」字，簡單的離職儀式，毫不廢話。

「在下午四點前，去機場把文姿追回來吧。」孟學本想說這句話，就跟每一部愛情電影最後的逆轉高潮那般。

但看著阿克搖晃在他面前的中指，孟學硬生生將話給吞了下去。

飛機起飛了。

或許故事應結束在飛機劃過天際的隆隆聲，句點在不完整，卻很現實的淡淡殘缺。

畢竟原本嬉鬧歡樂的故事節奏似乎走了調，沒有人上壘，比賽到底進行到第幾局也不再有人關心，變成一場荒腔走板的爛肥皂劇。

八局下

8.6

賣場收貨口，阿克跟店長坐在階梯上啃著便當，一邊說著自己明天離職的事。

店長沒有反對，只是覺得很可惜。

不過台北很小。小到可以讓誤會激烈碰撞，自也可以讓友情安然持續。

兩人看著收貨口的十字路口，那一個搭訕地獄開始的起點。如果說，是這個起點扭轉了一切，不如說是莫名的命運，藉著多餘的機巧謀略打散了所有人。

「其實我不是沒想過，還是可以跟文姿繼續當好朋友，但一直被蒙在鼓裡的感覺真的很差勁，我也不知道用什麼面目去跟她相處。一想到是那個法老王跟她在一起，我就很不痛快。」阿克將滷蛋夾到店長便當裡。

「自卑啊？」店長不客氣刺破滷蛋。

「不是，是被羞辱。」阿克扒飯：「這是我最慘的失戀經驗了。」

「這種失戀到無以復加的感覺，一個人，一輩子，一顆心，總會嚐過那麼一次。」店長無病呻吟，看著十字路口。

「哇，那麼詩意。如果嚐過兩次呢？」阿克呵呵笑道。

「如果沒空去跳樓或跳樓未遂，那人就會成為情聖。愛可愛，非常愛，情場上的超級賽亞人。」店長遙想當年。

「三次呢？總該跳了吧？」阿克咬著筷子。

「情場超級賽亞人萬一又翻船失手，就會成為愛情的哲學家，整天賺便當就可以過活了。」

店長點點頭，若有所思。

「哈，就坐在我旁邊吧。」阿克心想：原來店長也有段可歌可泣的往事。

「是啊。」店長抖動眉毛。

「如果……如果嚐過四次呢？」阿克好奇心起，純粹亂問起來。

「嚐過三次被水溺死的魚，你說，牠還會不會繼續活在水裡？」

「原來當年演化史上，魚會上岸變成猴子，是因為失戀三次的關係。」阿克式的註解。

「是的。」店長豎起大拇指。

8.7

阿克離職後並沒有立刻去蘋果報到，中間好些空檔，索性痛快放起大假。

每天晚上，阿克與小雪到打擊場打兩百球流汗，小雪進步到可以跟時速一百二十公里的快速球對決，命中率有五成以上，比起阿克說不定還更沉迷這樣的遊戲。而阿克，繼續與時速一百四十公里的快速球做暴力的對決，一定得打到超級全壘打才肯停手。

偶爾，阿克會跟小雪在附近的小公園，一邊聊天一邊玩簡單的丟投球遊戲，有時一丟就是一個下午，或是一個晚上。然後到等一個人咖啡吃個飯，消磨時間。

扣除文姿，一切都跟以前一樣。

偶爾想起不痛快的往事，阿克就在小雪妖怪的陪伴下，參加一個又一個的告別式，在無數陌生人面前演講自己的悲慘。

如果還是無法釋懷，阿克會在夜色陽台上，舉起棒子，跟月亮做孤獨的對決。小雪會在房間跟一隻隻大病初癒的小魚，用手指逗玩，等待阿克筋疲力盡回到房間。

其實以阿克大而化之的個性，不管是芮氏七級還是八級的失戀災難都無法讓阿克悶那麼久，但文姿與阿克中間一直有話沒有說開，造成了不可解的沉悶內傷。

原本應當是阿克以無限的陽光治療小雪的藍色憂傷，現在卻反了過來，小雪的陪伴幫助阿克度過顛顛簸簸的愛情空窗期，儘管方式相當怪異。

「我乾脆把東西全搬過來吧，小雪想好好照顧阿克。」小雪常常提起。

「妳搬了過來，以後我怎麼交女朋友？」阿克總是這麼說。

「阿克你一直不跟我在一起，是不是怕被我帶衰？」小雪嘟嘴。

這段日子以來，小雪發現她轉到的扭蛋幾乎都是小叮噹，但阿克卻只跟技安扭蛋與阿福扭蛋有緣，她很在意「運氣」是不是一種「會從高處往低處流」的東西，自己不意從阿克身上偷走好運氣，阿克才會罹患猛爆性失戀。

「別想太多，跟妖怪住在一起本來就是不容易的事。」阿克卻沒要小雪搬走。他捨不得。

阿克也察覺到自己現在很依賴小雪，這份依賴或許有喜歡的成分，但這份喜歡不曉得包含了多少替代的悲傷。

8.8

距離那班飛往法國的班機，又過了三個月。

就跟阿不思隨口建議的，阿克與小雪到了墾丁，來到那個原本屬於阿克與文姿約定中的度假區。只不過這趟旅程不只換了對象，還多了兩個人。

天還未破曉，一輛休旅車以最快樂的速度奔馳在高速公路上。

「安拿達，喜歡聽三小音樂自己放啊！」店長抓著方向盤，踩足油門。

「當然是周杰倫的《晴天》啊！」店長的男友小P在旁吆喝著，親了店長一下。

墾丁的太陽很耀眼，擁有全台灣最漂亮的海岸，跟一年絕不打烊的節慶氣氛。或許所有鬱悶的心病，在這裡都能豁然而解吧。

四個人從台北開開心心下到屏東墾丁，先到訂好的小木屋放下行李，然後就直衝陽光遍灑的海灘。

從滑沙到漆彈生存遊戲射擊、沙灘小吉普車到拖曳傘，大家玩得一塌糊塗，最後到了黃昏玩沙灘排球時，連精力最旺盛的阿克也感到疲倦起來。

「阿克躺下。」小雪抓起一把沙子。

阿克躺在沙灘上，店長與小P跟小雪將沙子堆在阿克身上，將阿克堆成一隻大烏龜後，店長與小P就攜手在夕陽下追逐踏浪，留下小雪坐在一隻大沙龜旁。

「要不要喝椰子汁？」小雪看著腳上的沙子。

「早就想囉！渴死了。」阿克吐出舌頭。

小雪跑去附近的小攤販，拿了一個鑿孔椰子遞到阿克嘴邊。

「阿克。」小雪看著他。

「幹嘛？」阿克就著吸管，喝著椰子汁。

「我們這樣，算不算男女朋友啊？」小雪認真地看著阿克。

「當然不算啊，怎麼妳每天都要問一遍一模一樣的問題啊。」阿克閉上眼睛。

「你不喜歡我嗎？」小雪將阿克臉上的細沙撥開。

「喜歡啊，不過是朋友的那種喜歡。」阿克直言。

「喜歡就喜歡，什麼朋友的喜歡，不要學電視上的偶像劇講話。」

「真不好意思啊，我就是這麼膚淺。」阿克跟小雪說話總是這個樣子。

兩人靜默了一下子。

火紅的落日好像停止下沉，等待兩人接下來的對話。

「可是我們有牽手啊。」小雪突然開口。

「朋友也可以牽手啊。」阿克哼哼兩聲。

「可是我們也有親親，還兩次。」小雪堅持。

「國際禮儀嘛。」阿克還是哼哼兩聲。

「親親算朋友間的國際禮儀啊?亂講。」小雪不服氣。

「舌頭又沒有伸進去。」阿克哼哼哼哼。

小雪突然低頭親吻阿克，阿克掙扎、身體亂晃攪壞身上的烏龜沙堆。

阿克坐起，拼命想抓住嘻嘻笑笑的小雪，但小雪拔腿就跑，害得阿克只好像瓊瑤小說裡只會談戀愛的男主角一樣，在夕陽下做粉紅色式的追逐。

小雪回頭大笑：「這樣我們就是男女朋友了吧！」

阿克大罵：「妳一定沒喝過海水吧!看我的十字關節技！」撲身而上。

小雪急忙閃開，阿克只撲到鹹鹹的海水，浪花跟黃沙四濺。

「說好囉，從現在開始，我們就是男女朋友囉！」

「別跑！」

8.9

晚上回到了小木屋，大家輪流到唯一的浴室裡洗澡，將積了一天的沙子給沖掉。然後分配唯一的兩間房間。

「我跟小P一間，阿克跟小雪平常抱著睡習慣了自然還是睡一起，大家晚上別跑錯了房間，不然小孩子以後要姓什麼誰也沒把握啊！」店長亂開玩笑。

在小木屋旁烤肉當晚餐，大家坐在石椅上看星星，一邊玩牌。

「吃飽飯，大家一起去PUB跳舞吧?這裡的PUB很high的！」小P提議。

「晚上的墾丁也很漂亮，不急著去哪裡都有的PUB飆舞，我們還可以去社頂公園看星星掉下來，或是去夜遊，運氣好的話，說不定可以看見鬼喔！」店長倒有不同看法。

「講的好像是真的一樣。」小雪不信。

「是真的啊，墾丁這裡也有古戰場，如果有阿兵哥的鬼魂脫了隊，被妳瞧見也是很合乎邏輯的。去夜遊吧！」阿克贊成。

「是，遵命！」小雪舉手，卻看見小P一臉害怕。

「太好了，人多一點去夜遊，看到鬼比較容易發出：『哇！你看！有鬼耶！』而不是『天啊！怎麼會有鬼！』就這麼決定了！」店長一拍大腿，大家就出發。

入夜的林子裡，遠處依稀有瀑布的隆隆聲，夾雜著更遠處海浪拍擊岩石的濤響。

山道小小的，岔路又多，地上有些溼滑。

店長與阿克各自拿著手電筒走在前頭，不斷發出嗚嗚嗚的鬼叫聲製造氣氛，弄得小雪身上猛起雞皮疙瘩，一直皺眉、用手指猛刺阿克的背。

「晚上看瀑布，真夠詭異的。」小雪有點害怕，忘記她身為妖怪的事實。

「阿拿達，你怎麼知道這種地方啊？墾丁不都是海跟沙子，怎麼會有這種山道？」小P問道，緊緊挨在店長身旁。

「這個地方啊……」店長神祕兮兮，腳步放慢。

「店長！千萬別跟他們說，當年你殺了人就是在這邊偷偷棄屍的那件事！」阿克警戒地提醒，裝模作樣的。

「臭小子，你不是發過誓，死都不會把那件事說出來！」店長佯怒。

店長與阿克開始插科打諢，小雪與小P都笑了出來，氣氛頓時輕鬆。

店長與阿克背對著眾人，突然一聲不響，小雪跟小P不明究理，卻見阿克與店長突然轉過身，手電筒自下巴往上照，一臉陰森的光影。

小雪與小P嚇到尖叫連連，魂定之後開始追殺阿克與店長，阿克與店長反身拔腿就跑，跑跑追追的，卻又被阿克與店長突然轉身、故技重施又嚇到一次，小雪與小P在倉促之下居然跑散，分成兩個方向奔入黑暗裡。

店長氣喘吁吁，好不容易才追到小P，才發現阿克與小雪不在附近，叫了幾聲也沒回應。

「糟糕，玩過頭了。」店長抓住小P，小P朝店長身上一陣猛敲猛打。

跟阿克與小雪走散了，怎麼辦？

「搞不好還是故意脫隊的，我們去找人家，說不定還會被嫌咧！」小P打累了，趴在店長身上喘息著。

店長只有同意的份。

8.10

落單的夜，在林子裡格外深沉可怕。

阿克與小雪拿著手電筒在林道裡走著，已經走了半個多小時，卻還是走不出無盡的黑林。

幾許蛙鳴跟不知名的蟲叫聲此伏彼起，貓頭鷹在樹梢顧盼低吟，諭示著夜還很漫長似的。

「阿克牽。」小雪嘟著嘴伸出手，阿克一把牽住。

「放心啦，迷路對我來說簡直是家常便飯，大不了走到天亮，總之一定能走回小木屋的。」

阿克故作輕鬆，實際上他也不怎麼害怕。

「記不記得這裡？」小雪的手指刺著阿克的肩膀，皺眉。

「好像有點印象？」阿克搔搔頭，但類似的林道岔路實在太多了，每棵樹的模樣又是大同小異。

「這裡我們剛剛走過了啦！笨蛋！笨蛋阿克！」小雪害怕，手指猛刺。

「妳怎麼知道？」阿克不以為然。

小雪指著一棵樹，上面刻有遊客沒品的留言，阿克的手電筒照了過去。

「楊巔峰與謝佳芸到此一遊，我十分鐘前就看過了。」小雪跺腳。

「不會吧？雖然迷路對我來說根本是稀鬆平常的事，但……我們剛剛有轉過彎嗎？怪怪，難道是傳說中的鬼擋牆？」阿克嘖嘖稱奇。

「幹嘛講得那麼恐怖？會不會是，這世界上有另一對情侶也叫楊巔峰跟謝佳芸啊？」小雪努力解釋著。

「楊巔峰這麼難聽的名字應該不會有第二個人了。我在猜，會不會是那對沒品的情侶一路留言？所以看到第二次也不奇怪。」阿克越說越有自信。

突然，在黑暗中有一點微光在晃動著。

「靠！有鬼火！」阿克大驚。

「什麼鬼火！是螢火蟲！螢火蟲耶！好～可～愛～喔～」小雪喜道。

果然，是一隻落單的螢火蟲，大概是被阿克手電筒的光給勾引來的。

「壑丁靠海，哪來的螢火蟲啊？」阿克將手電筒交給小雪，輕易就撈住了螢火蟲，雙手小心翼翼捧住：「快說！你是什麼蟲！假扮螢火蟲有什麼目的！快說！你是不是臥底！」

「阿克好笨！我們不是要去看瀑布嗎？螢火蟲住在水邊，所以瀑布說不定是這隻螢火蟲的家喔！」小雪從阿克的雙手縫中看著閃閃發亮的螢火蟲。

「有這種事？」阿克張開雙手，讓螢火蟲飛出。

螢火蟲緩緩飛著，在黑暗的軌跡格外清晰、卻略顯笨拙。

「現在我們只要當螢火蟲的跟屁蟲就好啦！跟著牠，說不定待會我們就可以找到瀑布，店長不是說，有一條小路可以從瀑布那邊直直往下通到小木屋嗎！那樣的話就沒問題啦！」小雪喜孜孜地拖著阿克，跟著螢火蟲。

「那就祈禱這隻螢火蟲不是一隻不愛回家、正值青春期的叛逆螢火蟲囉。」阿克呵呵笑道，居然得靠一隻屁股著火的小蟲子引路。

兩人走著走著，約莫過了十分鐘，沿路的螢火蟲越來越多，但兩人還是巴巴地跟著原先那一隻笨拙的螢火蟲，穿越一層又一層的黑暗深林。

忘了是何時放下迷途的焦急，兩人都將注意力放在微微一點螢火上，腳步越來越輕鬆，有說有笑的。不知位在何處的瀑布還沒見到，卻可感到空氣越來越溼潤，隆隆聲也越來越清晰。

突然，眼前豁然開朗。

一條山澗瀑布劃過兩人眼前，在銀色月光下閃閃發亮。數以千計隻螢火蟲在瀑布上盤旋著，有如美妙的流焰，森林的精靈。

兩人呆住，久久都說不出話來。

「哇，這隻螢火蟲的家裝潢得還真不賴。」阿克嘴巴張得好大。

「好想哭喔。」小雪淚流了下來。

「是有那麼一點。」阿克也流淚，但不曉得為什麼。

兩人靜靜站在瀑布前，彷彿不敢褻瀆似的，手電筒自然關掉。靠海森林的深處，螢火點綴的銀色瀑布，猶如不可侵犯的神聖之地，卻又可愛得教人想觸手親近。

這情景在都市叢林是遙不可及的夢幻，自有一種特殊的悸動觸發著。

「好奇怪，妳有沒有覺得，心好像跳得好快？」阿克百思不解，終於說出。

「現在是不是應該……做點什麼？」小雪牙齒咬下唇。

「打……打棒球？」阿克很認真地舉起手，做出揮棒的預備姿勢。

小雪雙手慢慢拉下阿克的手，閉上眼睛面對阿克，微微惦起腳尖。

阿克全身燥熱，彷彿全身上下每一個部分都快壞掉似的。

阿克對著惦著腳尖的小雪輕輕一吻，無數螢火蟲圍繞著兩人打轉。

「這樣……我們算男女朋友了嗎？」小雪的臉都羞紅了。

「剛剛……舌頭好像忘了伸？」阿克完全不知所措，剛剛的吻彷彿只是本能。

「這種事怎麼會忘記？」小雪的臉更紅了。

「我的舌頭沒見過世面，幾千個小傢伙在旁邊偷看，緊張到忘記伸舌頭也是很合乎邏輯的。」阿克結結巴巴，握住小雪的手更緊了。

「你真的很喜歡說廢話耶。」小雪咬著嘴唇，很嬌很美。

阿克看得頭都暈了，差點就要摔下瀑布。

小雪又惦腳尖，閉上眼睛。

在無數螢火蟲見證下，兩人真正的第一個吻。

九局上

9.1

愛情從銀色月光下的瀑布，蔓延回都市叢林的台北。

是否真的解脫了文姿的魔咒，阿克自己也不知道，但他不再用亂七八糟的方式，迴避心中對小雪逐漸累積的深厚情感。

阿克知道自己的個性，在情感的認知上，他只是需要觸媒。

小小的租房裡，原本散放在各個小圓魚缸中的魚兒，病癒後陸陸續續合養在一個偌大的一呎半缸子裡。小雪細心栽種的各式水草悠遊其中，每一隻小魚都有屬於自己的名字。也因為共有十二隻，所以阿克總起名叫「女子十二樂坊」。

小雪在密封的寶特瓶裡加入兩匙酵母菌，然後倒入些許糖水讓酵母菌發酵，最後用一根塑膠導管將發酵產生的二氧化碳導進魚缸水裡，導管口用折斷的一小截免洗竹筷塞著，讓細密的竹孔將二氧化碳壓裂成細碎的小氣泡，用天然製作的方式供給魚缸的水草呼吸。

阿克看得嘖嘖稱奇，驚訝小雪的把戲。

「妳怎麼知道要這樣搞啊？」阿克抓頭，雖然酵母菌加糖水在氧氣不足的環境下會產生二氧化碳這件事，任何一個有在唸書的國中生都該知道，但會聯想變通到魚缸的環境養成上，可真是奇哉怪也。

「BBS上的連線養魚版都有教啊，有些買不起壓縮二氧化碳鋼瓶的顧客，我也會教他這麼做，很好玩吧！只是這樣製造二氧化碳的濃度不穩定就是了，糖水發酵完了，還得記得添。」小雪洋洋得意，她最喜歡阿克的稱讚。

兩個人正式住在一起，就跟許多情侶一樣共同生活著。

阿克也正式去蘋果電腦公司上班。薪水變多了，阿克跟小雪總算挑了一台冷氣裝上，著實慶祝了好一陣子。

但小雪還是耿耿於懷，跟她在一起之後的阿克總是轉到技安扭蛋這件事。

小雪來到西門町，倉仔老闆開的扭蛋店。

「老闆，我認真問你，我男朋友一直扭到技安扭蛋，超邪門的，怎麼辦？」小雪憂心忡忡。

「這樣啊？不如我賣一台扭蛋機給妳，妳自己把清一色小叮噹扭蛋通通放進去給他扭不就得了。」倉仔老闆摳著深黑色的肚臍，滿不在乎。

小雪真這麼做了，當天就抱著一台老舊的扭蛋機回家。

可邪門的是，阿克笑笑一扭，居然是一個阿福扭蛋撲通落下。漏網之魚。

「阿克，你不要一直把運氣過到我這邊啦，我這邊已經夠了，夠了。」小雪偎在阿克身旁，語氣頗為煩惱。

「擔心個大頭鬼，我現在好得很。」阿克覺得小雪太迷信，指著電視上的美國職棒大聯盟轉播說：「這世上要真有妳說的運氣跑過來跑過去、那種稀奇古怪的事，紅襪隊又怎麼可能在三連敗後狂勝八場？壓根就沒有貝比魯斯詛咒，所以也沒有什麼扭蛋不扭蛋的。」

「說不定是貝比魯斯正好投胎去了，所以詛咒就沒效啦。」小雪言之鑿鑿，越說自己越害怕。

果真如地下道預言所諭示，被真命天子撿到的小雪，心中的梗可不是鬧著玩的。

小雪開始尋覓台北市各個地下道，翻找當初那個一語成讖的塔羅牌算命師，看看有無辦法將籠罩在阿克身上的技安陰影踢開。但那個穿著嘻哈的塔羅牌女孩好像被這座城市給淹沒了，任小雪怎麼問都找不著。

「阿克?他這種吃飽了病就會好的笨蛋，妳要是太擔心他反而會變笨喔！」店長也對小雪的擔心嗤之以鼻。

「缺乏幸運？來一杯悟空救地球之元氣玉總匯咖啡吧。」阿不思根本沒有認真。

但小雪到底還是隻S級的戀愛妖怪，她將指節大的小叮噹玩偶串成項鍊，要阿克戴上。阿克從善如流，算是順了小雪的心意。

9.2

今天同居正好滿九個月，中間發生的事所尬成一團灰色的亂，終於理平。

而今天也是兩人「在一起」滿一個月的日子，對小雪來說可是不得了的大事。

但慶祝的方式還是很阿克。在等一個人咖啡喝過「阿克最愛的妖怪」與「千萬不可以不幸」兩杯阿不思特調後，兩人就到打擊練習場，挑戰高懸在網子上的大銅鑼。

阿克面對時速一百四十公里、忽高忽低的快速球，依舊是每一球都豁盡全力的熱血打法，打到上半身都脫光光，汗水都甩到隔壁的打擊區。

這與阿克平常的「全壘打」目標大不相同，不只要轟到頭仰起來脖子會彎斷的地方，還得正好炸到大銅鑼才算數，畢竟節慶要有節慶的瘋狂法。

不只要魄力，還得乘上微小的機率。

小雪扯開喉嚨在鐵網後面拼命加油，所有好事的圍觀群眾都在計算，阿克這次得要用幾顆球才能掄元中靶，臉上難掩同情之色。

答案是，整整六百四十二顆。

「好厲害啊！」小雪在鐵網後面感動得落淚，現場播放特殊的賀喜音樂。

「一般般啦。」阿克幾乎要脫力陣亡，杵著球棒跪在地上，嘴唇都咬白了。

所有人瘋狂鼓掌，居然讓他們見識到這種莫名其妙恐怖執著的現場表演，正好帶著數位相機的球友，紛紛跑到癱垮的阿克前面照相留念。

但，在圍觀人群背後，有幾隻很不友善的眼睛正盯著又叫又笑的小雪。

要不是阿克幾近虛脫，以他笨蛋動物直覺，一定可以感應到雜亂的殺氣。

三個在台北西門町隨處可見的癟三角色，頭一次想嘗試打架與撞球之外的健身活動，來到了這間棒球打擊練習場，就遇到了讓他們白挨一夜風的仇家。

「劍南哥，這不是前任大嫂嗎？怎麼沒有像老大說的，被下個男人扁進垃圾桶？」一個穿著花襯衫，頸上掛著金色項鍊的混混說道。

「那個男的好像就是前大嫂傳到老大手機裡的人，原來就是這個男的不只搶了大嫂，還騙咱兄弟在二二八公園從凌晨兩點埋伏到五點的混蛋！」另一個左臉頰刺了個「恥」字的混混皺起眉頭，替老大跟自己抱屈。

站在兩個低等癟三中間的劍南沒有回話，手上的菸快燒到手指，卻一動也不動。

小雪跟阿克相遇的那天，阿克對著話筒那端的劍南胡說八道，說他的老大是海賊王魯夫，又騙他深夜在二二八公園決鬥互砍。原本劍南謹遵癟三存活法則第一條，努力向各路黑道兄弟探聽「誰是海賊王蒙奇・D・魯夫」，辛辛苦苦忙到凌晨一點才從一個國中生小混混口中知道，什麼海賊王的原來是本少年漫畫的主角。劍南大怒之下衝去二二八公園公廁埋伏，卻只見到許多男人在公廁裡裡外外打野炮，約戰的主角卻不見蹤影。

第二天早上，三個癟三全感冒了。

身為癟三界萬年混不出名堂的招牌人物，劍南早就在心中發誓一百次要報仇。此刻他已點燃了心中的那把火，快要爆了。

「要現在揍他嗎？」恥字混混摩拳擦掌。

「現場正好有球棒當兇器，隨手可得，再好不過。」花襯衫混混冷笑，看著上身赤裸的阿克幾乎是用爬的出打擊區，接受眾人的喝采。

「現在人太多了，身為一個癟三，不打沒有把握的架。」劍南堅定的眼神，壓抑住胸口的無名火。

技安扭蛋的邪惡氣息，一步步逼近這個歡樂的夜。

9.3

阿克牽著小雪，疲憊地漫步在和平東路旁的小巷子，小雪卻顯得精神奕奕。

巷子口，一台燈管忽明忽滅的自動販賣機旁散放著垃圾，野貓鬼鬼祟祟翻跳在機車座，老舊的冷氣滴水答答墜落。

夜深了，黑色天空只剩下窄窄的頂上一線。

「阿克！」小雪的腳抬得好高，手也甩得好高。

「衝蝦？」阿克累得吐出舌頭。

「你還記不記得我們第一次見面，你是怎麼跟我告白的啊！」小雪嘻嘻笑。

「怎麼可能忘記，我說，同學，妳相信大自然是很奇妙的嗎？」阿克倒記得很清楚，畢竟那樣的開場方式夠亂來的了。

「還有呢？」小雪追問。

「我說，大自然很奇妙，總是先打雷後下雨不會先下雨後打雷的，所以我們這樣邂逅一定有意義，雖然我現在還看不出來，不過不打緊，國父也是革命十次才成功，不如我們一起吃個飯、看個電影，一起研究研究。」阿克一字不漏唸完，有氣無力的，全身痠痛。

「哇！好感動喔！有人說笨蛋的腦子不靈光，但記憶力好，說不定是真的耶。」小雪高興地說。

此刻的小雪妖怪真覺得自己好幸福，說不定上帝正拿著「幸福放大鏡」對準地球，將焦點集中在她一個人身上，好燙好燙的。

「謝謝喔。」阿克沒好氣答道。

小雪看著阿克，一直有個問題她從來都沒問。

「阿克，你還喜歡著文姿嗎？」

這個問題的答案，如果是肯定的，小雪知道自己會吃醋很久，卻也覺得理所當然，阿克如果是個容易將情感從靈魂裡割捨出去的人，自己也不會這麼喜歡他。如果答案是否定的，小雪也不確定自己能不能擁有文姿曾擁有過的那部分。

小雪只是握緊阿克的手。想問，但不需要問。

當下的幸福，才是永恆的。

突然，深邃的暗巷中出現三個高大的黑影。

六隻眼睛瞪著阿克與小雪，神色不善。

阿克不知道來者何人，卻本能地提高警覺，技巧地擋在小雪面前，繼續前進。

但小雪卻止步了，神色害怕地躲在阿克背後，拉住。

三個混混完全擋住了去路。

「前大嫂，別怕，我們只是討個分手費來的，十萬塊本金，加手續費跟動用費跟九個月循環利息，剛剛好是六十六萬，六六大順，搏個好彩頭嘛。」恥字混混獰笑，手中的蝴蝶刀輕輕刮著牆壁，發出嘶嘶的聲音。

花襯衫混混手裡拿著根用報紙包好的鐵條，做出揮擊的恐嚇架式。

劍南陰狠地瞪著小雪，叼著菸，沒有說話。

「去死！我一毛錢都不會給！」小雪大叫，阿克立即明白了眼前的狀況。

他想起來，站在三個混混中間的，就是他曾在小雪手機簡訊裡看過的惡男。

「等妳被揍到吐不出東西的時候，妳就會給的。」劍南對著拳頭上的指虎哈氣，惡狠狠地瞪著阿克：「至於你！媽的，你竟敢騙我捱了一個晚上的風，如果沒把你打到殘廢算我沒種！」

阿克緊張，將小雪護在身後，擺出漫畫裡常常見到的拳擊姿勢。

「練過？」劍南突然有點緊張，不經意流露出害怕受傷的孬三本性。

阿克乾脆點點頭，煞有其事揮動拳頭，但心中緊繃到了極點。

遇到這種下三濫的流氓最糟糕了，瘟神般死記著芝麻蒜皮的小事，即使過了好幾年也會來找你麻煩，比蒼蠅還揮之不去。

「就算練過也不用怕啦！剛剛他揮到沒力，打斷他的手跟腳！」花襯衫混混提醒劍南，劍南點頭。

於是三個流氓一擁而上，圍住阿克跟小雪。

小雪不只是緊張，簡直是害怕得發抖。

「小雪。」阿克深深呼吸：「還記得幻之絕技那間爛店嗎？」

小雪點點頭，卻又趕緊搖搖頭。

「就是那樣了，非那樣做才能強迫取分。」阿克緊緊握住小雪的手鬆開。

「強迫取分？」恥字混混愣了一下。

阿克大叫一聲，一拳朝離小雪最近的恥字混混揮去，恥字混混慌忙往旁一跳，小雪立刻拔腿就跑。

三個流氓大怒，劍南想追上小雪，卻被阿克抱住腰身撲倒，倒在地上的阿克一手撈出，猛力將跑向小雪的恥字男的腳踝抓住，絆得恥字男跌了個狗吃屎。

「幹！」花襯衫男狠叫，手握鐵條往阿克背脊砸落，阿克悶聲軟倒。

小雪越跑越遠，瞬間消失在巷口。

劍南等人無處發洩，朝著阿克就是一陣毫不留情的瘋狂亂打。

阿克從來沒打過架，但為了拖延眾人追逐小雪的時間，阿克卯起來反抗，此時他想起了漫畫灌籃高手裡宮城良田的一對多哲學，任由三人不斷將他打得抬不起頭、幾乎無法睜眼，阿克毫不猶豫鎖定劍南一個人出手還擊，死咬著劍南的臉亂打。

沒幾拳，劍南的牙齒給打得崩落，氣得用指虎朝阿克的臉砸下，阿克本就眼冒金星，這下一個踉蹌直墜，頭髮卻給扯住。

劍南掄起阿克往牆上砸，頓時頭破血流，脖子上的小叮噹項鍊頓時撒落一地。

「敢還手！敢還手！」恥字男的蝴蝶刀抵著阿克的臉，右腳膝蓋猛蹬阿克肋骨。

阿克的頭靠著牆，腫脹的眼皮讓他幾乎睜不開眼。

冰冰涼涼的刀子貼在阿克的臉頰，一股過度平靜的念頭突然浮出心頭：原來，小混混就是這樣的級數……

花襯衫男最兇狠，將鐵條從下往上勾揮起，阿克身體一個不自然俯仰，大字形倒下。花襯衫男沒有注意到，鐵條已經變形彎折。

三個混混繼續猛踹，絲毫不因阿克已毫無抵抗而歇手。

「不要打了！」巷口一聲大叫。

小雪哭紅了雙眼，氣喘吁吁。終究還是跑了回來。

「我的錢通通給你，你不要再打了！」小雪大哭，顫抖的手裡拿著提款卡。

劍南吐出嘴裡的血，憎恨地用鞋子踏著意識模糊的阿克。

花襯衫男哼的一聲丟下變形的鐵條，與恥字男走向小雪，小雪並沒有害怕退步，反而想靠近阿克觀看傷勢。

地上的阿克，像條蟲緩緩蠕動著。

「阿克！阿克！」小雪注意到變形的鐵條，害怕地大哭。

「叫屁啊！」劍南一巴掌轟得小雪臉別了過去。

三個混混將小雪架了起來，獰笑大步離去。

要將小雪押去哪裡？劍南的腦中閃出好幾個骯髒齷齪的地方，但第一步，當然是去提款機了，一想到這裡，劍南就覺得很愉快。

倒在地上的阿克，只剩下微薄的意識。

朦朧中，只有一條魚，隔著彎曲的玻璃缸看著他。

9.4

窄巷旁的公寓大樓，偌大的天台上，一個睡不著覺的男人。

男人猛力揮著木棒，笑嘻嘻地擦著臉上的汗水。

「阿拓！這麼晚了揮什麼棒？真不曉得你最近幾個月怎麼突然迷上棒球，又認識了誰啊你？」女孩出現天台，一身睡衣站在男人的背後。

女孩揉揉眼睛，她一發現身邊的男人不見了，就起床直接走到頂樓，果然發現這個叫阿拓的男人又在揮棒了。永遠都像個玩性黏重的大孩子。

「不知道外面是在吵什麼，嘰哩咕嚕的，睡不著就起來揮棒啦，看看會不會比較好睡！」阿拓傻笑，握緊球棒又是一揮。

「比較好睡個頭，等一下不洗澡別想抱我。」女孩蹲在地上，手中拿了杯熱牛奶，小心翼翼吹著氣。

「呵呵，看過那傢伙揮棒的樣子，就是有一種魔力呢，好像全身的汗都想一口氣衝出來似的。」阿拓想起了那一天下午，在自己任教的學校裡與體育課國中生對決的那傢伙。

真是豪邁的姿勢啊，阿拓心想。

試著回想那男人擊出全壘打時、用力過猛的誇張姿勢，阿拓奮力一揮。

蹲在地上喝熱牛奶的女孩呆住了。

那根木棒從阿拓手中脫出，筆直地衝到天際。

木棒彷彿凝滯在黑色夜空中，曾有那麼一瞬間，它處於完全靜止的命運美感。

「不會吧?」女孩張大嘴巴。

「不可能吧?」阿拓目瞪口呆。

木棒在月光吹拂下，往樓下直墜，消失不見。

9.5

好想睡了。

躺在冰冷的地上，鑽心痛楚從毛細孔緩緩流瀉而出，帶走曾經熾熱的體溫。

阿克閉上眼睛，好像看見無數螢火蟲環繞在瀑布上，盈盈飛旋。

靜謐，銀色，涼風徐徐。

結束了。

就這麼熟睡下去吧。他心想，頓時有種輕鬆的錯覺。

一個球棒從天而降，摔到阿克的身邊，發出震耳欲聾的筐筐筐巨響。

驟然，阿克瞪大眼睛。

「站住！」

劍南等人停下腳步，回頭看。

巷口的飲料自動販賣機旁，一根球棒，撐起一個殘弱虛浮的人影。

遠遠的，販賣機壞掉的燈管忽明忽滅，映著雙眼腫得幾乎睜不開的阿克。

小雪幾乎又要哭了出來。

「操！從哪來的木棒？」恥字男冷笑。

阿克用球棒撐起身體。

沒有瞪著劍南，沒有瞪著恥字男，沒有瞪著花襯衫男。

他只是看著銀色瀑布旁的女孩兒。

「我很喜歡妳。」阿克左手伸進褲袋裡，錢幣登登登響。

小雪咬著嘴唇，全身發燙，雙手捧住小臉。

阿克將兩枚銅板投進自動販賣機裡，隨手朝販賣機一按，一罐可樂咚隆掉下。

「搞什麼啊你？有力氣爬起來不會去醫院掛號啊？」恥字男一說，三人哈哈大笑，笑得前俯後仰。

阿克伸手拿起可樂，目光依舊凝視著小雪雙眼。

沒有經典台詞，沒有熱血的音樂，沒有快節奏的分鏡。

小雪完全被阿克的姿態所吸引。

輕輕一拋，可樂懸在半空。轉著，旋轉著。

三個流氓不由自主順著可樂上拋的弧度，將脖子仰起。

阿克掄起球棒，快速絕倫地揮出！

鏘。

可樂鋁罐爆裂，甜漿瞬間濺溼阿克的臉龐，一道銀色急弧直衝而出。

「啊！不是……」花襯衫男駭然，臉上忽地一震，冷冽而沉重的金屬親吻。

破裂的可樂罐在地上急旋，許久都還沒停下來。

碰！

劍南與恥字男均不可置信地，看著花襯衫男雙膝跪地，眼睛向上翻白，茫茫然斜倒下，鬆開抓住小雪的手。

劍南與恥字男還沒清醒，一聲咚隆響喚起了他們麻掉的神經。

阿克從飲料出口又拿出一罐可樂，搖搖晃晃地，勉強靠著球棒撐住身體。

逐漸乾涸的血跡佈滿阿克半張臉，血將前額的頭髮凝結成束，胸膛微微起伏。

「謝謝妳救了我。」阿克再度拋起可樂。

高高的，高高的，可樂幾乎高過了路燈的最頂端，沒入黑色的夜。

劍南與恥字男面面相覷，幾乎同一時間放下小雪，朝阿克衝過來！

恥字男手中的刀子，晃動著惡意的殘光。

阿克無暇注意他們，只是將木棒凝縮在肩後，笑笑看著小雪。

可樂墜落，墜落在阿克面前。偏下，一個所謂大壞球的位置。

落遲了，但不重要。

人生有太多遲到，卻美好非常的時刻。

所以阿克揮棒！

恥字男幾乎是同時收住腳步，以在電影中亦絕難看見的誇張姿勢，頸子愣然往上一轉，發出咯啦脆響。

劍南驚駭不已，腳步赫然停止，距離阿克只有五步，停止呼吸，發抖。

前進，或是後退？

恥字男的鼻血嗚咽了一地，痛苦地爬梭在地上亂踢，眼淚都酸迸了出來，手中的刀子不知摔到哪去。

「幹！」劍南拔腿就逃，以他平生最快的速度。

背後傳來咚隆一悶聲，劍南心臟快要猛爆。

真是太邪門了！有鬼！靈異現象！不能把命送在這裡！劍南的臉孔驚嚇到都扭曲了。

阿克微笑。

小雪放在臉上的十隻手指頭縫裡，一雙熱淚盈眶的眼睛。

「請妳，一直待在我身邊。」阿克笑著，可樂高高拋起，輕輕墜下。

然後阿克揮出他這輩子最漂亮的一棒。

沒有人理會可樂罐精彩絕倫的飛行路線，與劍南後腦勺如何迸開的畫面。

上帝手中幸福的放大鏡，如小雪所願，靜悄悄聚焦在自己身上，還有站在自動販賣機旁的男孩。

小雪哭了，但阿克在笑，雙手緊緊握住棒子，停留在剛剛那一瞬間。

如果有人問他，這輩子最帥是什麼時候……

毫無疑問，他會記住現在這個姿勢。

九局下

9.6

加護病房外，小雪雙掌合十祈禱，嘴唇緊張到發白。

她的心裡很亂，被無限膨脹的荒謬給淹沒。

人生並不是小說。太多不必要的峰迴路轉，讓小雪的心很沉重。

小雪不需要這樣的高潮迭起讓自己更愛阿克。她早已給了全部的愛。

「血壓過低五十／七十，脈搏微弱，瞳孔略微放大，有嚴重的腦震盪，剛剛緊急送斷層掃描，有腦幹發黑的跡象。有沒有通知家屬？」剛剛阿克被送出急診室時，負責緊急手術的醫生這麼說。

小雪的心都空了。

店長一接到電話就趕來了，急到焦頭爛額，幫忙小雪應付阿克的保險公司跟連絡阿克遠在南部的家人。幾個小時過去了，現在正睡在自己身邊，眉頭還是緊繃的。

警察局也派人來做了筆錄，帶走了救護車一併送來的三個小流氓，個個都有輕微的腦震溢，驚魂未定。至於他們要吃幾年牢飯，小雪根本沒有心思去過問。

小雪的身旁，堆疊了好幾個不同口味的便當。

她記得，阿克說過，他是一個只要吃飽了，就能百病痊癒的超級笨蛋。

可是阿克還沒醒，一直都還沒醒，連一口飯都送不進他的嘴裡。

「是我奪走了阿克的好運嗎？」小雪喃喃自語，看著雙手握緊的兩支手機。

一支手機吊著綠色猴子，那是阿克的。

一支手機吊著粉紅猴子，小雪自己的。

小雪臉上淚痕未乾，靜靜地撥打阿克的手機，反覆聽著自己甜膩又撒賴的語音鈴聲，回憶這段日子以來，一切的一切。

然後又哭了出來。

在一起才滿一個月，就發生這麼可怕的厄運。毫無疑問，阿克是一個自己沒有力量擊出的正中好球。

如果阿克能夠脫離險境，自己就離開他吧？

離開他，別再汲取阿克身上幸福的能量，別再自私了。

現在的自己，一個人也能勇敢地活下去吧，阿克已經教會了她許多。

小雪摸著左手手腕上的舊疤，幾乎已看不出來當初割腕的傷痕，只剩下淡淡的一抹紅色。

阿克的愛，早就滲透了她全身上下每一個細胞。

遠遠的，青色走廊盡頭，阿克焦急的家人趕來，拉著醫生與護士問東問西。

小雪透過加護病房的玻璃，看著鼻孔插入呼吸管、被繃帶重重纏綑的阿克。

然後，小雪刪去了自己存在阿克手機裡的來電鈴聲與相片。

「再撥一次電話給我，以後你再也找不到我了，小雪會像妖怪一樣，堅強地活下去。阿克也會好起來，一定會好起來。」小雪按著阿克的手機，撥給自己。

手機響了。

「小雪妖怪，雖然我還搞不清楚我們之間那把寶劍是蝦小，不過總有一天，它該出現的時候還是會出現。妳是我眼中的蘋果，You are the apple of my eye.」

阿克的聲音。

不知道什麼時候，阿克偷偷錄了這段語音鈴聲，當作兩個人在一起一個月、同居九個月的禮物。這個笨蛋，今天下午明明還裝作一副什麼都不知道的樣子。

「小雪妖怪，雖然我還搞不清楚我們之間那把寶劍是蝦小，不過總有一天，它該出現的時候還是會出現。妳是我眼中的蘋果，You are the apple of my eye.」

不斷重複的鈴聲，小雪的眼淚又湧了出來。

她想起了阿克曾跟她說過，在英文諺語「You are the apple of my eye.」裡，其實是「妳是我最珍視的人」的意思。

「阿克，謝謝你。」

小雪輕輕的，拔走了綠色的猴子吊飾，將阿克手機放在店長的手裡。

愛情與人生，不再是兩好三壞。

9.7

阿克醒來已經一個禮拜了。

店長轉述醫生的話，拉哩拉雜的，用了奇蹟、神奇、命大等同義詞，總之是在鬼門關前徘徊了一遭。腦部無虞，現在只剩皮肉傷要休養，轉進了普通病房。

「小雪那隻妖怪呢？」阿克含糊地問，他每次醒來都會問同樣的問題。

雖然掉了兩顆牙齒，忍著痛，還是可以用嘴巴吃飯。

跟阿克自己說的一樣，他一開始張嘴吃東西，就以驚人的速度回復。

「你自己養的妖怪怎麼跟我要?該出現就會出現啊,讓你猜著了還叫妖怪?」店長在病床旁吃便當,每次阿克這麼問,他就如出一轍地回答。

等一下陪阿克吃完便當,店長又得趕回賣場。

「也是。」阿克看著一旁的手機。表面上一派不在乎,心中卻很不踏實。

有時他無聊打電話給小雪,卻一直沒有人接聽。

小雪也沒有來看過他,他很擔心小雪發生了什麼事。

「店長,說真的,小雪沒事吧?」阿克迷迷糊糊記得,那個惡夜的最後,小雪並沒有受到傷害才是。

「沒事啊,不信你自己去問警察。倒是圍毆你的那三個混蛋,現在被起訴重傷害,晚點警察還會來問你筆錄,吃飽了就睡吧,才有精神說話。」店長吃光便當,拍拍肚子。

阿克看著手機。裡頭的小雪照片消失了,鈴聲消失了,怪到無以復加。

「店長,你有沒有鏡子?」阿克問,突然有個想法。

「被揍到鼻青臉腫有什麼好看?」店長拿出隨身攜帶的鏡子,幫阿克照臉。

阿克仔細看著鏡子裡的自己,額頭上,並沒有塗滿的紅色唇印。

那感覺比起九個月前,憑空消失在晨曦裡的妖怪,還要讓阿克迷惘。

兩個星期後，阿克出院，這段期間還是沒碰著小雪。

裹著還需回醫院換藥的繃帶與貼布，阿克回到了久違的租屋，裡頭關於小雪的一切幾乎都蒸發了。

衣服、小飾物、保養品、寫著奇怪言語的小紙條，全都消失不見，好像這段撿來的愛情從未發生過似的。

小雪曾經存在的證據，只剩下那一只偌大的魚缸。

魚缸裡頭，女子十二樂坊呆呆地看著阿克。水裡除了幾株水草，還新沉著好幾百個由小叮噹扭蛋玩偶黏成的小假山，藍色的一片，散發出幸福的氣息，那些都是小雪長期蒐集的幸運。

住院這幾天全靠店長幫他餵魚，但店長當然不曉得小雪所有的東西已搬走。

「不會吧?」阿克很不習慣，一個人坐在和式地板上，東張西望。

明明房間裡的東西還不少，但他卻感到很奇怪，空盪盪的。

大概是一種學名叫寂寞的滋味襲上心頭。

「新遊戲嗎?嗯，一定是新遊戲。」阿克自言自語，對著魚缸裡的女子十二樂坊笑了出來。

9.8

傷口結成的焦疤掉了。

阿克回到蘋果電腦公司上班，負責台灣地區的網路宣傳。他的工作內容是製作文宣與台北在地的趣味短片，對熟悉次世代亂七八糟想法的阿克來說，這工作簡直如魚得水。

但撥打電話給小雪，連嘟嘟聲都消失殆盡，只留下「您撥的電話是空號」。到小雪打工的水族店，老闆說她前些日子離職。跑去小雪的舊租屋，管理員反問小雪不是早就搬去跟你同居了？

阿克完全失去小雪的下落，只剩下記憶。

等一個人咖啡，快打烊的時間。

「阿不思，妳說說看，小雪這次是在玩什麼遊戲啊？城市捉迷藏？猜猜看我可以躲多久？誰是隱形人？」阿克連珠砲問，坐在咖啡吧台上。

阿不思用一種很特殊、很複雜的眼神看著阿克。

「妳說啊?有話直說不就是妳的拿手好戲?」阿克鼻子上還貼著膠布。

「今天請你一杯『等不到人咖啡』吧。」阿不思酷酷說道。

「妳別詛咒我。」阿克瞪著阿不思,豎起中指。

「那改請你一杯『癡心妄想之執迷不悟咖啡』吧。」阿不思捲起袖子。

棒球打擊練習場,鏘鏘鏘聲不斷。

阿克孤獨的身影,凝立在時速一百四十公里打擊區內,立刻被球友們發覺不對勁。幾個好事的常客忍不住出口詢問。

「小子,那個常常跟你在一起的女孩跑哪去了?」

「是啊,好久沒看見她啦。」

「那個女孩是不是把你甩啦?看你奇低的打擊率居然又下降了。」

「不會吧,那麼漂亮的女孩子,怎麼會搞丟了?你也真是。」

阿克只有苦笑。小雪妖怪這次玩的遊戲，真是又長又悶又寂寞。

「如果這一球我可以擊成全壘打，小雪就會回來！」阿克在心裡這麼制約自己，卻連連揮棒落空。

阿克嘆氣，原本精力過度旺盛的他，現在常常覺得揮起棒子很容易累，因為背後的鐵網少了雙守護的眼睛。

他知道自己喜歡小雪，他也自認不需要藉著小雪的憑空消失，讓自己對這份感情有更深刻的體會。小雪也應該了解這點，所以他實在想不透這個遊戲有什麼好玩的。

「回來吧，我認輸了。」阿克對著手中的球棒說。

幻之絕技。

阿克打開門走進，大大方方站在癡肥老闆面前。

老闆依舊對著彩虹頻道大發議論，一手正捏著超勤勞壽司，幾個客人正滿臉斜線地看著桌上的菜，滿肚子大便，神智迷離。

「老闆，你還有看過上次那個，跟我一起來的女孩子嗎？」阿克舉手發問。

癡肥的老闆愣愣地打量著阿克，努力思索著這個眼熟的人是誰。

「就大概在半年前，不付錢就落跑那對情侶啊，有個笑得很甜的女孩。」阿克詳細地解釋。

「喔……幹！別跑！」癡肥老闆恍然大悟，抓起桌上那把大鐮刀就衝來。

阿克轉身就跑，老闆在身後一邊喘氣一邊大吼大叫，在大街上追逐。

不知不覺的，阿克笑得很開心，連他都沒意識到自己為什麼會這樣。

後來，阿克下了班，有事沒事就會跑去幻之絕技，跟癡肥的老闆來個三百公尺長的你追我跑。老闆在後頭大罵，阿克興奮拔腿狂奔。

久而久之，老闆居然因此減肥了五公斤。

「喂！我不追了！」有一次老闆大叫，停下腳步，喘得一塌糊塗。

「是麼？幹嘛不追？」阿克停腳，大感可惜，回頭看著氣喘吁吁的老闆。

「臭小子我問你，你幹嘛邊跑邊伸手？」老闆瞪著阿克，心中的疑團已久。

阿克看著自己奔跑時，不由自主伸出的左手。

「是啊，為什麼？」阿克失笑。

9.9

阿克生了病。

一種在深夜裡漫遊大街小巷的病。

莫名地，阿克會在郵筒前站崗，騎著腳踏車巡邏入夜後的台北，觀察每個逗留在郵筒附近的行人。

但可愛的城市傳說「郵筒怪客」，隨著小雪妖怪的退隱一同埋葬在這個城市裡。電視新聞不再出現怪客對郵筒施暴的怪異笑聞，倒是多了「郵筒守護者阿克」的追蹤報導。

「請問這位先生，聽說你為什麼常常在半夜巡邏郵筒？是不是因為情書曾經被郵筒怪客燒去，所以想協助警方，將怪客繩之以法？」記者將麥克風遞給阿克，認真的眼神讓阿克差點笑了出來。

阿克看著攝影機，不知某個螢光幕前，是不是有雙熟悉的眼睛正看著自己。

「小雪，現在我隨身攜帶我們之間的寶劍喔！」阿克下腳踏車，解開背上的球棒套子，拿出球棒，擺出最帥的打擊姿勢。

記者與攝影師尷尬地看著阿克，卻見他眼睛閃閃發光。

後來，這座城市出現新的悲傷傳說。

有些人逐漸發現，在各大告別式中，經常可見到一個上台演講的男子，深呼吸，敲敲麥克風，開始說故事。

男子拙於言辭，卻每每說得自己熱淚奪目。

這個男子說的，都是同一個故事。

一個關於棒球笨蛋，跟扭蛋女孩的愛情故事。

十局上

10.1

法國。

飄浮著濃密咖啡香氣的城市，巴黎。

穿著羊毛黑大衣的高大男子，笑笑看著坐在香榭大道旁品嚐咖啡的女孩。

女孩一愣，隨即莞爾。

「好久不見，工作還順利嗎？」孟學慢慢走過來，自己坐下。

「託你的福。」文姿笑笑，的確如此。

異國相逢，兩人坐著聊天，詢問彼此的生活。

三年了。

文姿讓這座步調悠閒的城市，以最自然的節奏，治癒了自己黯淡破碎的靈魂。

對於很多不愉快的記憶，文姿只剩下不斷反芻後的想法，遺忘了感覺。

在巴黎，她生活得很好，常常搭著火車，循著以往的計畫在歐洲四處旅行。或許她從來沒有這麼愜意過，因為她已將所有沉重的東西都寄回遙遠的小島。

「我離婚了。」孟學說，卻一點也不遺憾的表情：「說過了，強摘的瓜不會甜，我父母跟對方家長，也開始同意這點，或學著同意這點。我前妻當然舉雙手贊成。」

「如果你想告訴我，離婚是因為我的話，我想還是別了吧。」文姿說，孟學會在法國找到她，當然不可能是巧合。孟學的一舉一動都充滿了事前的想法。

文姿說話的方式還是一樣，只是表情輕鬆多了，也少了稜角。

「犧牲一切的愛情，不是格外珍貴嗎？」孟學失笑，他發現自己還是對這個女孩子深深著迷，不可自拔。

「愛情如果犧牲一切就可以換取，會不會反而太廉價了？」文姿回敬，笑得很優雅。

孟學嘆氣，自己在這個女孩面前完全沒有反擊的能力，想同意她的論點，卻又很不甘心。

「有新的、喜歡的人？」孟學不安地問。在異國氛圍裡，尤其容易產生戀情。

「沒。」文姿坦白說。

「那我能不能……」孟學一股熱情再度上湧。

文姿搖搖頭，示意孟學別再說下去了。

隆隆聲。文姿抬起頭，看著劃過天際的飛機。

三年，夠了。

「我要回台灣，找一個人，把心裡的話說清楚。」文姿若有所思。

「阿克?妳對他還有什麼話要說?」孟學有點心虛，手掌輕輕拍打桌面。

「我欠他一個真誠的祝福。」文姿看著手中的咖啡：「因為我還是很喜歡阿克。解放了他，才能真正解放我自己。」

10.2

三年了，小雪還是沒有出現。

阿克繼續保持單身，卻不是刻意的結果。

他一直沒有發現，枷鎖在自己靈魂上那道沉重的鎖。

但阿克開始明白，為什麼在四年前，小雪會用那樣的悲傷姿態，出現在自己面前。或是命運，或是巧合。但更可能是一種遙遠呼應的默契。

「阿克，我想見你。」

文姿只是打了通電話，就輕易在這座灰色城市裡找到了阿克。

店長笑笑，讓兩人在賣場的頂樓天台上聊天，那裡有些許回憶。

「怎麼當到了企劃副理，還是牛仔褲、運動T-shirt？」文姿看著阿克，哈哈大笑。她很開心，阿克看起來一點都沒有改變，除了下巴上的一撮性格鬍子。

「還不就是這個樣子，倒是妳，看起來好陽光啊，一聲不響跑去歐洲，也沒連絡。」阿克搔搔頭，雙手靠在天台邊緣。

俯瞰下去，這個城市也沒有什麼改變。白天灰濛濛，晚上霓虹燈火。

「還敢說，你可沒試過連絡我啊，我問過店長，他說你一下班就忙著找那個女孩子，根本沒想過要找我。怎麼，這麼喜歡你的她，也會搞失蹤？」文姿吐槽。

「真糟糕，店長他什麼祕密都守不住，真是太不可靠了。」阿克尷尬。

文姿看著阿克，所有對阿克的喜歡立刻從記憶裡喚起，又添了份久違的感動。

「記不記得你剛剛來公司的時候那個矬樣？」文姿看著天台下。

「那時我剛剛退伍，剛退伍的阿兵哥都是呆呆的樣子，誰帥得起來啊？」阿克聳聳肩。

「其實我很討厭看到笨蛋，所以那時候覺得你真是個大麻煩，什麼都做不好，什麼事都要交代三遍以上，看到你就生氣，恨不得啊，你趕快離職，換個比較聰明的讓我帶。」文姿回憶著。

「討厭我？我怎麼都沒感覺到？」阿克想也想不透。

「所以你是個大傻蛋啊。」文姿笑了。

「大概是當兵時班長跟連長都比妳兇多了吧，所以反而覺得很輕鬆啊，被妳罵一罵又不會痛，也不必被罰交互蹲跳，或是跑三千公尺。」阿克回憶。

「後來，你硬是帶我看的那場棒球賽，算是改變了我對你的想法。」

「我就說嘛，看現場的棒球比賽真是超棒的。」阿克得意。

「什麼跟什麼啊？我的意思是，改變我對你觀感的，是你對棒球抱持的熱情。」文姿白了阿克一眼。

「熱情？每個人都有自己的興趣，這一點也不奇怪啊。」阿克不解。

「或許是這樣吧，但其實在當時，我根本找不到除了工作之外的熱情。如果有人問我，我最喜歡做的事是什麼？我只能說，工作，沒有第二個答案了。」文姿想起自己曾過度執著工作的時期，搖搖頭。

「……不然，跟我一起喜歡棒球啊？」阿克握拳，還是一樣精神奕奕。

文姿凝看著阿克，隨即低頭。

「或許，還有別的可以喜歡。」文姿說，臉終於紅了。

文姿端詳著阿克，阿克並不是一成不變。

他似乎成熟了點，自信了許多。應該是將很多模糊地帶抹開的時刻了。

「當初你很喜歡我，是不是？」文姿開口，看著身旁的阿克。

這個問題在四年前一定是彆彆扭扭到了極點，現在卻是雲淡風輕。

「是啊，非常非常的喜歡。」阿克坦承不諱，笑得靦腆。

文姿聽了，不但沒有高興，反而很多的失落。

輕輕鬆鬆回答這個問題，不帶一絲曖昧的緊張與懸念，說明了阿克現在對她一點愛情的感覺都沒有剩下。

「是嗎？」文姿淡淡笑道，不讓阿克發現自己還是喜歡著他。

「而且一直以來，都很喜歡，以前是，現在也沒改變。」阿克認真地說。

文姿在一瞬間呆住，卻悄悄壓抑心中的喜悅，不讓情緒浮現出來。

因為文姿從阿克真摯的眼神中看出來，他雖然真心喜歡她，卻愛著另一個，被他稱為妖怪的女孩子。

儘管如此，文姿還是要繼續問。她不想讓愛情裡摻雜不明的未知成分，那樣的苦楚她已嚐過。

「但是在你的心中，正深深愛著小雪吧？」文姿說。

「嗯，我很愛小雪，恨不得將整個城市翻過來找她。可是，小雪就跟店長說的那樣，完全消失了。我的手機裡沒有她的相片跟聲音，我要是想再看看她的模樣，除了回味那三支以前替iPod-Nano拍的廣告短片外，就只能閉上眼睛了。」阿克說著說著。

很自然地，阿克將自己與小雪模糊的愛情起點，到失蹤的過程緩緩說了一遍。其中當然也包括當初對文姿的痛苦理解，只是現在換了個心情，不再有芥蒂。

天台上的風暖暖的，文姿在很舒服的空氣中了解了一切。

當然，文姿也發覺了最關鍵的誤會。

毫無疑問的，孟學演了一場充滿惡意的戲，用自以為奉獻靈魂的犧牲。

但文姿沒有說破。

誤會不算什麼。既然是誤會，就沒有誰想傷害誰的迷霧。那樣很好。

只是誤會造成的結果，往往是不可逆轉的。

若這個結果，令現在的阿克找到了鍾愛的女孩，文姿也覺得值得祝福。如果自己再度擾亂了平衡，下一次能夠突破重重圍厄的幸福，不知道又會何時降臨到阿克身上。

當下的愛情，最珍貴。即使不屬於自己。

「加油，你一定可以找到小雪的。」文姿爽朗笑道。

「謝謝，不知道怎麼回事，我現在覺得好輕鬆。」阿克吐了一口長氣，他感覺到一直隱隱束縛自己的東西突然消失無蹤。

「我也是。」文姿笑笑，完完全全的，釋放了。

「對了，我聽店長說，孟學後來結婚了，新娘不是妳是別人，嚇了我一大跳。前一陣子他離婚，妳現在還是跟他在一起嗎？」阿克問，頓了頓，才又開口：「坦白說，我希望不是，我討厭他。」

「放心吧，我跟他早就分手了。」文姿看著遠方：「我在法國交了一個男朋友，還過得去，不過未來的事誰也說不準，是吧？」笑笑。

文姿沒有看著阿克的眼睛。

這樣就夠了。

十局下

10.3

「阿克，夠了吧？」

店長在等一個人咖啡裡，頗有感觸地看著阿克。

距離文姿與阿克在頂樓天台的對話，又過了一年。

文姿回到了法國，據她傳回來與男友的親密照片，大概又會在歐洲待上好一陣子吧。阿克羨慕地回了信，除了道聲生日快樂，還順便回報他今天的最新進度：「9954」。

算一算，小雪妖怪已經離開人間界，快三年了。

這段時間裡，台北街頭的夜晚，一直很不平靜。

連續好幾個月，無數的女性路人不分美醜老幼，都遭到莫名其妙的告白騷擾，或被強迫聽亂七八糟的冷笑話。

「可是我好想念小雪啊，既然當初可以用那個搭訕地獄遇到小雪，現在一定也行得通。」

阿克嘻嘻笑道：「而且方法也是你提的，那本民明書坊出版的《如何找到戀愛妖怪指南》可幫了不少忙呢！」

店長鼻子噴氣，簡直無法置信。

「你這樣騷擾良家婦女，遲早會被警察抓去派出所關起來。」店長警告：「到時候做筆錄可別說是我教你的。」

「知道了，不會供出你的。」阿克哈哈笑道。

他認真相信，這個世界還存在著唯一的魔法。真摯的愛情。

阿克還記得警察到病房床前，詢問他那天晚上幾乎令他喪命的惡鬥經過時，阿克勉強勾勒出，他模模糊糊中被從天而降的木棒驚醒，然後如何用自動販賣機裡的飲料當作武器，然後如何打擊出去瞬殺惡徒的過程。

做筆錄的警察聽得目瞪口呆，扣掉那支不知打哪來的球棒，警方曾回到現場檢視那台自動販賣機，發現機器早已壞掉多時，裡面的飲料也幾乎一空。更遑論阿克那三次命中率百分之百的豪爽必殺打。

「簡直是靈異事件啊！」承辦的警員難以置信。

「一般般啦。」阿克謙虛地在筆錄上簽名。

愛情就是如此，戀愛的運氣能召喚周遭的一切，幫助有情人度過難關。

阿不思為兩人端上咖啡，一杯「胡說八道人士特調」，一杯「絕情谷斷腸十八年特調」。但沒有離開，阿克與店長抬起頭，看著凝立不動的阿不思。

「一直都在等一個人，就一定能夠等到那一個人。」阿不思冷冷地註解。

阿不思說的話，總是頗富哲理，令人咀嚼再三。

「要真的就好了。」店長揶揄，喝了一口，幾乎立刻噴了出來。

店長狼狽地看著阿不思，阿克擦著被噴溼的臉，笑到不行。

「這裡面……」店長指著黑濁的咖啡。

「你不會想知道的。」阿不思酷酷地走開，回到iMac前跟女友MSN。

10.4

阿克離開等一個人，來到十字路口。

打開手掌，看著原子筆的劃記。

今天已經告白了三十幾個人，順著路回家，還可以告白個十幾個吧。

可能的話，今天晚上就會抵達深具戀愛魔法意義的數字。

「這位歐巴，妳該不會正好好幾年都沒看過電影了吧？」

「小姐小姐，妳相不相信在深夜跟陌生男子看場電影，也是種浪漫？」

「這位同學，深夜問題多，別再搞援交了，跟叔叔看場午夜場電影怎樣？」

「咦？小姐，有沒有人告訴過妳，妳的臉上寫著好想跟陌生人約會？」

一路被拒絕，一直遭到白眼。但阿克樂此不疲，越戰越勇。

十一點多了，再過幾分鐘，這一天就算過了。

阿克在和平東路的天橋下，買了一條糯米腸包烤香腸，一邊把握時間跟賣糯米腸的老闆娘告白，邀約一場跨世代的電影約會。

「阿克啊，你真的夠了吧？我到底拒絕你幾次我都數不清啦，這把年紀了就你看得起我，幫你挑條肥一點的香腸吧。」老闆娘熟練地將大腸包小腸裝進紙袋，擠上芥末跟大蒜，被阿克逗得眉開眼笑。

「光妳就貢獻了一百六十七次，謝啦。」阿克記得清清楚楚，笑著踏上天橋。

看著手掌，夢幻的第一萬次搭訕告白就要來臨。

湊巧，今天還是個很特別的日子。

踩著層層階梯，阿克感到緊張，心臟怦怦。他打算吃完這條香腸，就閉上眼睛，對著空氣說出夢幻的笨蛋告白，然後再打開雙眼，見識世界上最後一種魔法的力量。

阿克雙肘架在天橋橫桿上，看著底下的車燈流焰，快速穿梭在城市的脈動裡，大口咬著，吃著，回憶著。嘴角不自禁上揚。

在一瞬間，阿克感覺到頭皮一陣發麻。

奇妙的粉紅色電流麻痹了左半邊臉，左眼酸酸的，掉下一滴感應式的眼淚。

沒有回頭，阿克就開口。

「同學，妳相信大自然是很奇妙的嗎？」阿克看著天橋下，突然說出這一句。

「大自然？」左邊後面，傳來顫抖的聲音。

「就陽光、空氣、水、生命三元素那個大自然啊。」阿克對著天橋下的車水馬龍，比出勝利手勢。

「你在講什麼五四三？」左邊後面，聲音漸漸飛揚起來。

「大自然很奇妙，總是先打雷後下雨不會先下雨後打雷的，所以我們這樣邂逅一定有意義，雖然我現在還看不出來，不過不打緊，國父也是革命十次才成功，不如我們一起吃個飯、看個電影，一起研究研究。」阿克亂七八糟地說完，終於將頭轉了過去。

提著一袋悠游小魚的女孩。

綁著馬尾，臉上的稚氣少了，多了份溫暖的甜美。

女孩的眼睛泛著晶瑩淚光。

「在我生日的時候，會遇見一個真命天子，向我告白。」女孩說，咬著嘴唇。

阿克壓抑住內心翻騰不已的激動，冷靜地從口袋裡拿出一副閃閃發亮的手銬，一邊銬住自己的左手，一邊遞將在女孩面前。

「小雪，我一直搞不懂，也一直忘了問。那個愛的小手銬是怎麼打開的？那時候妳不是把鑰匙丟出窗外了嗎？」阿克笑著。

「阿克好笨，我又沒有說過丟出去的，是手銬的鑰匙。」小雪的眼淚滾落。

阿克的手緊緊握住小雪，傳來世界上最幸福的觸感。

這城市，為期三年的愛情捉迷藏，終於在清脆的手銬聲中落幕。

這個關於笨蛋棒球男孩，與扭蛋女孩，喔不……

這個關於告別式演講魔人，與郵筒怪客之間的愛情故事，在這一瞬間成為這城市最浪漫的傳奇後，就在下一瞬間神祕地消失。

再沒有人在告別式上，看過陌生人在台上動人演講。

再沒有無辜的郵筒，遭到恐怖份子的無情攻擊。

但那棒球打擊場，一百四十公里的快速球區，重新見到默契十足的兩人身影。

一次又一次，豁盡全力的豪邁全壘打。

「妳是我眼中的蘋果。」

The End

國家圖書館出版品預行編目資料

愛情，兩好三壞／九把刀著. ─ 二版，
─ 臺北市：春天出版國際，2006［民95］
面；　公分. ─（愛九把刀；6）
ISBN 978-986-7135-90-2（平裝）
857.7　95018749

愛九把刀　6

愛情，兩好三壞

作　　者◎九把刀
作家經紀／活動洽詢◎群星瑞智藝能有限公司（02-55565900）
企劃主編◎莊宜勳
封面繪圖◎恩佐
封面設計◎小美@永真急制Workshop
美術設計◎陳偉哲

發 行 人◎蘇彥誠
出 版 者◎春天出版國際文化有限公司
地　　址◎台北市忠孝東路四段303號4樓之1
電　　話◎02-7733-4070
傳　　真◎02-7733-4069
E-mail◎frank.spring@msa.hinet.net
郵政帳號◎19705538
戶　　名◎春天出版國際文化有限公司
法律顧問◎蕭顯忠律師事務所
出版日期◎二〇〇七年二月二版一刷
　　　　◎二〇二一年六月二版一一八刷
定　　價◎260元

總 經 銷◎楨德圖書事業有限公司
地　　址◎新北市新店區中興路二段196號8樓
電　　話◎02-8919-3186
傳　　真◎02-8914-5524
印 刷 所◎鴻霖印刷傳媒股份有限公司

ISBN 978-986-7135-90-2
Printed in Taiwan

S P R I N G

每一本好書都是一顆種子，
春天播種在你的心田夢土上。

每一本好書都是一顆種子，
春天播種在你的心田夢土上。